K-Novel 시리즈 01

충효열전

이은집 역사소설

문학상
16관왕
작품집

나라와 겨레와 가문을 지켜온 충효의 길이여!

광진문화사

충효열전
이은집 역사소설

인쇄 2025년 7월 15일
발행 2025년 7월 20일

지은이 이은집
발행인 유차원
펴낸곳 광진문화사
발행소 04556 서울 중구 마른내로 4가길 5
　　　 남양빌딩 3층 광진문화사
전　화 02-2278-6746
작가 이메일 leeuj9@naver.com
출판 등록 제2-4312

＊ 이 책의 저작권은 저자에게 있습니다.
＊ 저자의 서면 동의없는 무단 전재 및 복제를 금합니다.
＊ 인지는 생략합니다.
＊ 잘못 만들어진 책은 바꾸어 드립니다.

K - Novel 시리즈 01

#

이은집 역사소설

나라와 겨레와 가문을 지켜온 충효의 길이여!

작가의 말

 한강의 노벨문학상! 지구촌을 휩쓰는 K-Drama와 K-Pop을 이어갈 K-Novel(한류소설)을 위하여!

2025년은 일제에서 벗어나 우리나라가 해방된 지 80주년이 되는 뜻깊은 해입니다. 그러나 아직도 남북분단의 고통과 아픔의 역사는 계속되고 있습니다. 바로 이 소설집 〈충효열전〉은 이러한 현실적 상황에서 〈역사소설〉을 통하여 조국과 민족의 새로운 미래를 열어갈 방안에 대하여 소설적으로 제시한다는 소명으로 선보이게 된 것입니다.

또한 우리 문학은 2024년에 한강 작가가 노벨문학상을 수상함으로써 그간 우리의 K-Drama나 K-Pop은 전세계에서 한류의 열풍을 일으켜 온 바, 이처럼 지구촌에 불어닥친 한류바람에 우리의 K-Novel(한류 소설)도 함께 하고 싶습니다. 그리하여 저는 좀더 독자와 가까이 하기 위해 역사소설이지만 주제와 소재는 물론 구성과 묘사를 독자의 눈높이와 언어감각으로 새롭고도 리얼하게 파헤쳐, 재미와 감동을 주는 새롭고 창의적 K-Novel(한류소설)을 쓰고자 했습니다.

그래서 현재 지구촌을 휩쓰는 우리의 한류드라마나 K-POP처럼 세계의 독자들에게도 어필하는 〈K-한류소설〉을 지향하는 바, 그 첫번째 평가를 독자 여러분의 몫으로 돌리고 싶습니다. 끝으로 저의 졸저를 출판해 주신 광진문화사의 유차원 대표님과 직원 여러분에게 뜨거운 감사를 드립니다.

2025년 한여름에

이은집 드림

차 례

작가의 말 : 한강의 노벨문학상! 지구촌을 휩쓰는 K-Drama와
K-Pop을 이어갈 K-Novel(한류소설)을 위하여! · 4

하나. **청산별곡** · 7

두울. **홍의장군** · 36

세엣. **삼장수 수련원** · 67

네엣. **가시리** · 100

다섯. **스승과 제자** · 132

여섯. **묵고노자 할배** · 163

일곱. **도화인검무(刀花人劍舞)** · 194

여덟. **창궁인검무(槍弓人劍舞)** · 219

아홉. **안산이씨(安山李氏)** · 250

하나.
청산별곡

고려 충숙왕 14년(1327년)에 출생하여 고려 충목왕 3년 정해년에 문과에 급제한 이집은 해박한 학문과 고결한 품성으로 이름을 날리니, 당대의 포은 정몽주, 목은 이색, 도은 이숭인 같은 여러 명현들도 모두 그를 존경하고 교유하였다. 공민왕 17년에 국정을 농단하던 요승 신돈과 맞서 생명의 위협을 느끼고, 영천에 사는 최원도 집으로 피신하여 지내다가 신돈이 역모로 주살되자, 다시 개경으로 돌아가지만 이후 여주로 낙향하여 은둔생활을 하는데...!

창작 메모 - 인터넷에서 역사인물을 검색하다가 우연히 이집이란 나와 비슷한 이름의 인물이 나타나 이 소설을 쓰게 되었는데. 집필을 할수록 너무나 벅차서 엄청난 산고를 겪었다고나 할까?

청산별곡

 "하마 중구가 지나니 강바람이 제법 차갑구려. 오늘밤부턴 들창문의 거적을 내려야겠소."
 항상 저만큼 건너다보이는 이포강의 꼼지락대는 물살이 정겹다며 시도 때도 없이 곁눈질하던 둔촌이 노구를 추스르며 부인에게 말문을 열었다.
 "아유! 영감님! 밤바람은 들창문뿐 아니라 사립문으로도 몰려든답니다. 나가서 닫구 오리까?"
 그러자 모시광우리를 인듯 백발이 성성한 부인이 보살 같은 미소 띤 얼굴로 대꾸를 했다.

"어허! 그건 안될 말이오! 만약에 삼은(三隱 – 포은 정몽주, 목은 이색, 도은 이숭인)이 이 밤에 개경에서 날 보러 준마로 달려온다면 얼마나 실망스럽겠소?"

"예에! 유붕(有朋)이 자원방래(自遠方來)하니 불역낙호(不亦樂乎)라 하였거늘, 비록 제가 아녀자라 한들 영감님의 깊은 우정을 어찌 모르겠습니까? 그래서 항상 박주산채(薄酒山菜)일망정 마련해두고 있습지요."

이처럼 부부가 군시렁대듯 말장단을 맞추는데, 어디선가 야옹! 야옹! 하고 고양이의 울음소리가 들려왔다.

"허허! 저놈의 즘생두 내가 한 가락 하는 걸 듣고 싶은 모양이구려!"

"예에! 이제 초열흘 송편달두 제법 이울었으니 고고(孤高)한 흥을 풀으셔야지요!"

이윽고 둔촌은 희미한 아주까리 등잔불의 심지를 돋우고, 부인은 윗목에 세워놓은 장고와 채를 가져와 장단을 먹일 준비를 하였다.

"자! 내 '청산별곡' 한 가락을 뽑겠소이다!"

"예에! 그럼 장단을 넣읍지요!"

장구는 오른손에 대쪽으로 만든 가는 채를 가지고 채편을 치며, 왼손으로는 손바닥으로 북편을 치는데, 양편을 동시에 치는 것은 쌍(雙)이라 하고, 채로 치는 것을 편(鞭)이라 하며, 왼손으로 북편을 치는 것을 고(敲), 그리고 채로 잠시 치고 굴리는 소리를 내는 것을 요(搖)라고 한다.(인터넷 인용)

"퉁퉁퉁! 창창창! 차르르르…!"

이윽고 부인이 고(鼓)와 편(鞭)과 요(搖)를 차례로 섞어 치자, 둔촌이 양어깨를 추키고 얼굴을 젖혀 천정을 바라보며 목청껏 소릿가락을 뽑아내었다.

"살어리 살어리랏다! 청산(靑山)애 살어리랏다!
멀위랑 달래랑 먹고! 청산(靑山)애 살어리랏다!
얄리 얄리 얄랑셩 얄라리 얄라!"

그런데 처음에 둔촌의 목구멍에서 가까스로 빠져나오던 소리는 설명절에 물레방앗간에서 뽑혀나오는 흰떡가래처럼 시원스레 쭈우쭉 방안에 가득히 넘쳐나 메이리쳤다. 그래서 마치 푸른 이포강 물 위에 휘몰아치는 바람같이 멀리멀리 아랫동네에까지 퍼져나갔던 것이다.

"영감! 남사스럽지만 묵은 병이 도지는가 봅소! 내사 춤이 절로 나오는데, 한 자락 펼쳐도 되겠지요?"

"허허허! 부부는 일심동체라 하였거늘 서방과 마누라가 함께 소리하고 춤 추는게 무슨 흉이 될라구...!"

이런 둔촌의 허락이 떨어지자 부인은 마치 새댁 때처럼 얼굴에 홍조를 띄우며 치맛자락과 장구통을 휘두르며 덩더쿵 장단과 함께 춤을 추었다. 그러자 둔촌도 더욱 흥이 고조되어 한 목청 더 높여서 '청산별곡'의 둘째 소절을 뽑아나갔던 것이다.

"우러라 우러라 새여 자고 니러 우러라 새여!
널라와 시름 한 나도 자고 니러 우니노라!
얄리 얄리 얄라셩 얄라리 얄라!"

그런데 소리가 막바지로 높아갈수록 둔촌의 시야가 이 포강에 안개가 낀 듯이 흐려지면서 부인의 춤사위 자태가 어룽어룽해지더니, 문득 신혼시절의 새댁으로 바뀌면서 장구춤이 아니라 곱사춤의 모습으로 바뀌는 것이 아닌가!

'앗! 저건 신혼시절 마누라의 곱사춤이 아닌가? 아직도 감쪽같이 그때의 자태를 뽐내다니...!"

순간 둔촌은 놀랍기도 하고 어이없기도 해서 두 눈을 화등잔처럼 치뜨며 소리를 중단하고 점잖게 물었던 것이다.

"허허! 임자! 벌써 노망이 아니라면 좀 지나치지 않소? 언제 적 춤을 다시 추는 것이오?"

그러자 부인이 아직도 둔촌의 소리에 점화된 흥이 꺼지지 않은 듯 수리먹은 목소리로 대꾸했다.

"호호! 영감님! 오늘따라 청산별곡의 흥취가 나서 저도 모르게 주책 할망구가 됐나보옵니다!"

"아니오! 임자가 이제라도 흥취가 나서 춤까지 추는 걸 보니 고맙고 기쁠 뿐이오!"

그러했다. 벌써 40년전 그토록 가난하던 둔촌의 집에 부잣집 딸이던 그녀가 시집을 와 준 건 엄청난 사연이 있긴 했지만 상상도 못할 일이었던 것이다. 둔촌은 문득 회오리바람처럼 머릿속을 파고드는 그 곤궁했던 시절의 추억 물살에 휩쓸려 들어갔다.

둔촌은 고려말 충숙왕 14년인 1327년 6월 2일 오늘의 광주시에서 광주이씨 이당의 둘째 아들로 태어났다. 그는 성품이 곧고 절조가 있으며 특히 병환(종기)으로 고생하는 부친에게 효행이 지극했는데, 벼슬길에 나아감에 따라 고려말 삼은(三隱 - 포은, 목은, 도은)을 비롯한 수많은 선비들과 교유할 적에는 신의를 가장 중시하는 고결한 삶을 살다 간 분이었다.

　때는 둔촌이 아주 어린 시절로 마당가의 감나무 꽃이 만개하였는데, 바람이 심술궂게 가지를 흔들 때마다 감나무 꽃잎이 파르르 몸부림치며 떨어져 내리는 한낮이었다. 어린 둔촌은 성근 삼베로 두건처럼 만든 잠자리채를 들고 돌담울타리에 앉은 잠자리를 향해 까치걸음으로 살금살금 다가가며 이런 노래를 읊조렸다.

　"잠자라(잠자리야)! 꿩꿩! 앉을 자리 앉아라!
　먼데 먼데 가면 똥물 먹고 죽는다!"

　그런데 둔촌의 이런 주문 같은 노래에 잠자리는 신기하게도 돌담울타리에 찰싹 붙어서 날아가지를 않아 망채로 포획할 수가 있었던 것이다.

　"히히! 벌써 다섯 마리나 잠자릴 잡았잖아?"

　하지만 둔촌이 이렇게 잠자리를 많이 잡아 고소한 웃음을 터뜨릴 때 갑자기 동네 어른들이 아버지를 등에 업고 내달아오며 소리쳤다.

　"원령(둔촌의 초명)아! 니 아버지가 칡푸리를 캐다가 멧돼지에 물리셨다!"

　이리하여 안방에는 이불이 펴지고 온몸을 다치신 아버지가 눕혀졌는데, 어머니께서 약쑥을 뜯어다가 찢어 상처에 바르는 등 치료를 했으나 날이 갈수록 악화되어 갔으니, 이에 따라 가세는 점점 곤궁해졌던 것이다.

"어허! 원령아! 애비는 아무래도 이 흉악한 종기로 목숨이 온전치 못할 것 같구나! 그러니 이를 어찌 하면 좋을고?"

"아버지! 그런 걱정일랑 마시고 어서 환부가 나으시게 느릅나무껍질을 찧은 이것이라도 바르시지요!"

그런데 한여름으로 접어들자 아버지의 종기는 부채질하는 화롯불처럼 더욱 욕창이 번져서 고름이 줄줄 흐르자 심지어 구더기까지 꼬물꼬물 기어나왔던 것이다.

"아! 이런 고약한 구더기! 아버지! 아니 되겠어요. 제가 상처를 빨아 드릴께요!"

이때 둔촌은 맹물로 입가심을 한 다음에 아버지의 욕창을 입으로 빨아 고름을 짜내니 붉은 피고름까지 입안에 가득 찼는데 내뱉지 않고 이를 삼키기까지 했던 것이다.

"어허! 세상에 저런 효자가 다 있는고? 우리 마을에 효자비를 세운다면 원령의 효자비를 제일 먼저 세워야 할 것이야!"

이처럼 동네사람들의 칭송이 높았는데, 그러함에도 부친의 병세는 더욱 심해져서 둔촌은 나이 20이 다 되도록 노총각의 신세를 면할 수가 없었던 것이다.

"아이고! 원령총각이 심성 고운 효자이지만 집구석이 저 모양이니 누가 시집을 오겠는가?"

"뉘 아니라오? 남들은 못된 자식 두어 속을 썩이는데, 원령총각은 병든 아버지 땜에 장가도 못가는 신세가 아닌가베?"

아닌게 아니라 이제는 둔촌조차도 산에 가서 갈퀴로 솔가루나무를 긁어모아 바지게에 한 짐 가뜩 짊어져 마당가에 부려놓고 나서 신세를 생각하니 절로 한숨이 나오는 것이었다.

'휴우! 내 전생에 무슨 죄를 지었길래 이리도 기구하여 총각귀신이 될 팔자란 말인가?'

하고 한탄하면서 둔촌은 문득 자신도 이제는 여우같은 마누라를 얻어 토끼같은 아이를 낳아서 아버지의 손에 앙징스런 손주의 손을 쥐어드리면 죽어도 소원이 없을 것 같은 심정이 솟구치는 것이었다. 하지만 이런 내색은 못하고 오늘도 둔촌은 쌀독을 긁어 밥을 짓고 된장찌게에 짠지조각의 부실한 저녁상을 차려서 아버지와 마주 앉으니 절로 눈가에 이슬이 맺히는 것이었다.

"허허! 사내 대장부 나이 이십이면 학문을 이루어 입신양명해야 하거늘, 네가 이 애비의 병수발에 지쳐 날로 몸이 야위어 갈 뿐이니 참으로 애비로서 면목이 서질 않는구나!"

아버지의 이런 한탄에 둔촌이 밥숟가락을 내려놓으며 대답했다.

"아버지! 그런 말씀은 하지 마옵소서! 이 몸을 세상에 태어나게 해주신 은공을 생각하면 자식된 도리로서 너무도 부족한 셈입지요."

하면서 식사를 마치고 둔촌이 아버지와 한 이불을 덮고 잠을 자는데 문득 방문밖에서 바람소리가 귓청을 때리더니 인기척과 함께 그를 부르는 목소리가 들렸다.

"여봐라! 원령아! 잠을 자느냐?"

"예에! 뉘시온지요?"

이에 깜짝 놀란 둔촌이 벌떡 일어나 삼베잠뱅이와 윗도리를 꿰어 입고 방밖으로 나오니, 휘영청 밝은 달빛이 쏟아져 내리는 마당에 웬 도사가 우뚝 서서 바라보는 것이었다.

"어흠! 원령아! 난 너의 소원을 들어주려구 하늘의 옥황상제께서 보내주셔서 내려온 사신이니라! 그러니 지금 얼른 너의 소원을 말해보렸다?"

"그야 벌써 십여년 째 온몸에 난 욕창으로 고생하시는 아버님의 병환이 낫기만을 바라는 바입지요!"

"으음! 그렇다면 내일부터 매일 목욕재계하고 '국청사'에 가서 백일기원을 드리도록 하여라! 그리하면 너의 소원이 이루어질 것이니라!"

"앗! 도사님! 그 말씀이 진정이시옵니까? 그리합지요! 그리하고 말고요!"

순간 둔촌은 도사 앞에 부복하며 소리쳐 맹세하자, 갑자기 펑하는 소리와 함께 도사는 순식간에 사라지고 그는 잠에서 깨어났다.

"호오! 참으로 희한한 꿈이로고!"

비록 꿈속이었지만 도인의 약속이었으므로 둔촌은 이를 믿고 다음날부터 새벽이면 일어나서 목욕재계를 하고 매일 험난한 숲길을 달려 국청사 대웅전에 가서 백일기원을 드리기 시작했다.

"비나이다! 비나이다! 부처님 전에 비나이다! 광주이씨 불초 소자 원령이 병고에 시달리시는 아버님의 쾌차를 기원하옵고자 이렇게 목욕재계하고 백일기원을 드리옵나니 수년간을 등창으로 거동조차 어려우신 우리 아버님의 병세를 씻은 듯이 낫게 해주시옵소서! 관세음 보살! 나무 아미 타불!"

이처럼 온 정성을 다 쏟아 새벽마다 국청사에 찾아가

백일기원을 한지도 두어달이 가까운 어느 날이었다. 그날 따라 날씨도 쾌청하여 거뜬한 기분으로 아침밥을 지어 아버지께 올리고 둔촌도 겸상하여 맛있게 먹고 나서 설거지를 한 후에 바깥마당으로 나오니 누군가 찾아와 말걸이를 했다.

"이보게! 총각! 아침은 들었는가?"

"하하! 보고도 모르겠소? 사내 대장부가 나물 먹고 물만 마셔도 이만한 팔자가 없다 했거늘…! 근데 댁은 뉘십니까?"

"아하! 저 등 넘어 진사댁 머슴이오. 진사어르신께서 총각을 한번 보자 허셔서 왔수다."

이리하여 둔촌은 농번기를 맞아 품이라도 팔까 싶어 반가운 마음으로 머슴을 줄레줄레 따라갔더니 진사댁의 큰사랑으로 안내하는 것이었다.

"진사 어르신! 문안 드리옵니다. 등 넘어 사는 이원령이라 하옵니다."

"으음! 왔는가? 반가우이! 내 듣자 하니 자네가 일찍이 모친도 여의고 아들로서 딸노릇까지 겸하여 안살림까지 꾸려가는 효자라 들었는데 사실인가?"

"예에! 제가 어릴 때부터 아버지께서 온몸에 종기가 도져서 거동도 잘 못하시니, 어머니께서 고생으로 돌보시다가 일찍이 세상을 뜨셨습니다. 그 바람에 제가 아버지를 봉양하오나 미치지 못하여 병도 고쳐드리지 못하고 세월만 축내며 한탄만 하고 사는 형편이옵지요!"

"으음! 자네의 그러한 딱한 사정은 내가 익히 들어 알고 있는지라, 그처럼 심성이 곱고 효심이 지극한 자네에게 내 여식을 주고 싶은데, 장가라도 가서 부부가 함께 부친을 간호하면 훨씬 수월하지 않겠는가?"

순간 둔촌은 너무도 뜻밖의 진사의 말씀에 화들짝 놀라 이렇게 대답하였다.

"진사어르신! 황공한 말씀이오나 저희 집은 가세가 가난할 뿐 더러 부친의 병환도 깊사오니 어느 처자인들 시집을 온다 하겠습니까?"

"으음! 그런 걱정은 말게나! 내 슬하에 과년한 딸년이 하나 있는데, 안타깝게도 어릴 적에 잘못 되어 곱사등에 마마까지 앓아 얼금뱅이가 되었으나, 심성 하나는 자네처럼 비단같이 고우니 천생의 배필이 된다면 얼마나 좋겠는가? 후우!"

하고 진사는 눈가를 훔치면서 깊은 한숨을 내쉬었다. 그러자 잠시 동안 고개를 숙여 생각에 잠겼던 둔촌이 진사를 바라보며 이렇게 대답했던 것이다.

"자고로 혼인은 인륜지대사라 하였사오니 저 혼자 결정할 일은 아닌 듯 하오나, 아버님께 소상히 말씀드리옵고 댁의 따님을 데려가면 어떨까 하옵니다."

"어허! 고맙네! 그리만 해준다면 내가 자네를 백년손님으로 깎듯이 맞을 것이네!"

이리하여 둔촌은 몇 달 후에 진사댁의 곱사등 얽음뱅이 딸을 맞아 혼례를 치르게 되었는데, 몸은 불구요 얼굴은 얽었어도 아씨의 고운 심성으로 둔촌과 부부지정을 나누는 깨볶음엔 오히려 더 고소했다고나 할까?

"낭군! 이제부터 아버님의 병구완과 안살림은 제가 맡겠사오니 걱정을 놓으시지요!"

진사댁 아씨가 시집온 지 며칠이 지나자 이렇게 속삭여 와서 둔촌은 깜짝 놀라 그녀의 얼굴만 바라보았다.

"예로부터 사나이 십오세면 지학(志學)이요, 대장부 이십이면 약관(弱冠)이라 하였는데, 이젠 낭군도 청운의 꿈을 품고 학문을 닦으셔야지요!"

그순간 둔촌은 아내가 너무나도 고맙고 정겨워 보여서 마주 바라보자, 그녀는 부끄러운 듯 얼굴을 돌리며 모기소리만큼 작게 종알거렸다.

"낭군! 곱지 못한 제 얼굴을 자꾸 보오시면 부끄럽삽니다."
"무슨 소리요? 내가 당신에게 콩깍지가 끼었으니 콩자국인데 무슨 흉이라 하겠소?"

하고 살포시 품에 안으니 부부의 정은 날로 깊어만 갔던 것이다. 그로부터 얼마 후에 부부가 새벽같이 국청사에 기도를 하러 갔다가 내려오는 길에 바위틈 아래 샘물이 있어 목마른 김에 마셨더니 아내 얼굴의 곰보 자국이 사라져 버리는게 아닌가! 그래서 놀라 샘물을 자세히 살펴보니 금잉어가 헤엄치고 있었다. 이에 나막신을 벗어 금잉어를 담아가지고 집으로 와서 자배기에 물을 넣고 마루 귀퉁이에 놓아두었다. 그런데 그날 밤에 둔촌의 아버지가 목이 말라 일어났다가 곤히 잠자는 아들 내외를 깨우기가 미안하여 금잉어가 든 자배기의 물을 마셨는데, 갑자기 등의 종기 통증이 사라지는 것이었다. 이튿날 아침에 아들에게 자세히 등을 살펴보라 하니 깜짝 놀라며 묻는 것이었다.

"아버지! 어인 일입니까? 종기가 씻은 듯 나았습니다."
"아니! 며늘아가야! 너의 얼굴에 마마 자국도 말끔히 사라졌구나!"

그런데 더욱 놀라운 일은 둔촌의 아내도 금잉어를 넣은

물을 마시니 굽었던 곱사등이 정상으로 펴지는 것이었다. 이리하여 그때부터 국청사 바위틈의 샘물이 영험하다는 소문이 돌아 전국 방방곡곡에서 피부병이나 장애를 가진 사람들이 구름같이 모여들었으니 바로 〈국청사의 우물〉의 전설이 생긴 것이다.

"어허! 경사로다! 경사로다! 우리집에 며늘아가가 시집오고 나서 나의 병도 낫고, 며늘아가도 선녀처럼 되었으니 오늘 밤엔 우리 가족이 모여 한번 잔치판을 벌여보자!"

그리하여 둔촌의 집에는 저녁을 먹고 나자 술상이 차려지고, 아버지에게 아들 내외가 술잔을 따라올리자 아버지도 아들 내외에게 술잔을 권하였다. 그리고 어지간히 취흥이 오르자 아버지가 먼저 말을 꺼냈다.

"내 일찍이 병을 얻은 후로 그 좋아하던 장고채를 놓았으니 오늘밤엔 우리 세 식구가 한탕 걸판지게 놀아보자꾸나!"

이리하여 아버지가 병이 나기 전에 둔촌은 소리를 잘 했으므로 '청산별곡'을 불렀고, 아버지는 장고로 장단을 맞추었으며, 아내도 너무나 기쁜 나머지 춤을 추었는데…!

"아버님! 저는 갑자기 곱사등이 펴졌다고는 하나 버릇이 되온즉 곱사춤을 추겠나이다!"

하더니 장롱 안에서 베개를 가져다가 저고리의 잔등에 넣어 곱사등을 만들어 곱사춤을 추었으니 참으로 가관이 었다고나 할까?

자고로 가문이 흥하려면 집안에 사람이 잘 들어와야 한 다더니 과연 그 말이 맞는 것이 둔촌의 경우가 그러했다. 진사댁의 얽금뱅이에 곱추인 아씨한테 장가를 갔는데 국 청사의 백일기원 중에 길섶 돌틈 샘물에서 금잉어를 발견 하여 집에 가져다가 기를 때, 그 물을 마신 아버지는 십수 년 고질이던 종기가 나았고, 아내도 감쪽같이 마마 자국 이 사라지고 곱추가 펴져 선녀처럼 변신했으니 말이다. 그리하여 둔촌은 아내가 친정에서 가져온 사서삼경으로 학문에 정진하니 그 진도가 일취월장하여 권문세가의 자 제가 10년 공부한 것보다 그 실력이 뛰어났으니, 어쩌면 요즘 말로 하면 둔촌은 '영재'였다고나 할까?

"낭군님! 엊그제 친정 아버님한테 기별이 온즉 다음 달 에 나라에서 과거를 치른다 하오니, 한번 실력을 겨뤄 보 심이 어떠하올지요?"

"허허! 그렇찮아도 그런 소문을 나 역시 들었소. 그간 당신의 덕택으로 우리 집이 이리 흥하게 되었으니, 당신과 나 가시버시(부부간을 이르는 말)로서 부창부수(夫唱婦隨)이니 당신의 뜻에 따르리다!"

이리하여 둔촌은 1347년(충목왕 3년)에 문과에 급제하여 합포종사(合浦從事)를 거쳐 판전교사사(判典校寺事-도승지와 같은 벼슬)에 이르렀다. 그리하여 둔촌은 광주 땅을 떠나 개경에서 살게 되었다.

"낭군! 일찍이 우리가 천생의 연분으로 만나 한 이불 속에 든지 수 십년이오나 이제 황상을 지근거리에서 모시는 중신이오니, 우리 비록 가시버시 사이라도 아녀자로서 사담(私談)을 함부로 못하겠나이다."

어느날 밤도 이슥하여 잠자리에 들으려 할 때 둔촌에게 아내가 이렇게 말문을 열자 그는 수심에 낀 표정을 지으며 대꾸를 했다.

"보소! 하늘의 날씨가 사철에 따라 눈비가 내리고 안개가 끼기도 하나 낮에는 해가 뜨고 밤에는 달과 별이 나타나듯이 우리 사이에 무슨 변함이 있겠소? 다만 근자에 와서 황상의 총명이 흐려지심에 근심이 되어 님자에게 눈길을 줄 짬이 없어진 것이오!"

"예에? 그렇다면 조정에 무슨 변고라도 생긴 것입니까?"

둔촌은 강직하고 곧은 소리를 잘하는 신하로 조정에 정

평이 나 있었는데 당시 공민왕 시절인 1368년에는 권력의 실세로 요승 신돈이 혹세무민을 일삼고 있었던 것이다. 그런데 그가 궁중에서 들어오게 된 사연이 참으로 희한했다. 그것은 공민왕이 어느날 밤에 꿈을 꾸었는데 자객이 칼로 찌르는 흉몽이었다. 이때 한 중이 나타나 목숨을 구해 주었으니, 꿈에서 깨어난 공민왕이 태후에게 이런 꿈이야기를 하자, 이때 신돈을 소개한 사람이 있어 공민왕이 본즉 바로 꿈속에서 본 중과 똑 닮았던 것이다.

"오! 희한한 일이로고! 어찌 이처럼 기이한 일이 있단 말인가?"

이리하여 신돈은 공민왕의 신임을 받게 되었고 나중에는 국정을 농단하는 원흉이 되었던 것이다. 이를 보다 못한 둔촌은 당시 개경의 용수산(龍首山) 아래 한 동네에서 같이 살던 신돈의 최측근인 채판서와 술자리를 함께하게 되었다.

"그래 채판서는 승요에게 빨대를 박고 있으니 꿀물을 얼마나 빨아 먹었는가?"

둔촌은 술잔이 넘치도록 탁주를 따라 채판서에게 건네면서 비웃듯이 내뱉았다. 그러자 채판서는 어리둥절하여 이렇게 물으며 술잔을 받았다.

"판전 어르신! 내가 승요에게 빨대를 박고 꿀물을 빨아 먹다니…! 그게 무슨 말씀이시오?"

"허허! 채판서는 답답도 하시구려. 황상 곁을 지키는 내가 부끄러워 바로 말하지 못하고 뒤집어 칭했기로 이를 못알아 듣는단 말입니까?"

"예에? 그렇담 요승(妖僧)이란 말씀이지요? 그러니까 신돈 왕사를 지칭한 거란 말이지요? 아니! 이런 망발이 있을 수가 있나!"

"허허! 무얼 그리 화를 내시오! 지금 세상에서 요승 신돈의 국정농단에 대해 얼마나 백성들의 원성이 높은지 몰라서 그러시오?"

하고 둔촌은 신돈이 공민왕을 싸고돌며 펼치는 온갖 추악한 비리와 폭정에 대해 신랄하게 비판을 했다. 그러자 채판서가 노기를 띄워 두 눈을 부라리며 술판을 뒤집어엎고 뛰쳐나갔다. 그리고 곧장 신돈에게 달려가서 둔촌과의 술자리에서 벌어진 일을 상세히 고해 바쳤던 것이다.

"무엇이라…? 이런 쳐죽일 자가 있느냐! 너는 자객을 풀어 은밀히 그 자를 처치해 버리도록 하라!"

신돈은 이런 밀령을 내린 후에 시침을 뚝 따고서 다음 날 조정에서 둔촌을 만나자 부처의 미소를 지으며 말문을 열었다.

"판전교사사께선 이 나라 사직의 기둥이 쓰러질까 염려하여 온몸으로 버팅긴다 들었소이다. 그런 충정에는 황상께옵서도 칭송할 것이오나 이생의 목숨이 하나뿐인 줄을 왜 모르시오?"

그러니까 이건 뒤로는 칼을 겨누고 앞으로는 어루만지는 간교한 수작이라고나 할까? 바로 이런 눈치를 챈 둔촌은 이제 이불을 펴고 잠자리에 들려는 부인을 재촉하여 당장에 도망길을 택하지 않으면 안되었다.

"부인! 빨리 며칠간 요기할 음식과 양식을 꾸리시오! 사랑채의 아버님은 내가 업고 출발할 것이니 어서 서두르시오!"

"아니! 아닌 밤중에 홍두깨라더니 어인 말씀이시오?"

부인이 놀라 화등잔 같은 눈으로 묻자 둔촌은 위급한 상황을 이야기하고 더욱 서둘러 길 떠날 채비를 재촉했다. 그러자 부인은 고개를 흔들며 대답하기를

"낭군! 이런 위급한 피난길에 아녀자가 따르면 오히려 방해가 될 것이오니, 두 부자만 단출히 떠나십시오! 그게 더 안전하실 것이옵니다.!"

이리하여 둔촌은 부득이 부자만 한밤중에 피난길에 오

르게 되었는데 이때 둔촌에게 아버지가 고개를 흔들며 물어왔다.

"아범아! 나라의 녹을 먹는 자로서 이런 처신이 옳은지 판단이 서질 않는구나!"

"아버님! 옛날에 병환으로 겨우 건진 목숨입니다. 그런데 황상 아닌 요승 때문에 우리가 멸문지화를 당함은 우선 피하고 봐야 할 처지가 아닙니까?"

이리하여 둔촌은 우선 오늘의 서울 강동구 둔촌동으로 피신하여 1년을 살았다. 하지만 신돈의 집요한 추적을 느끼고 다시 둔촌은 이제는 연로해진 부친을 업고서 경북 영천에 사는 신우(信友)인 최원도의 집을 찾기로 한 것이다. 그는 둔촌과 동년급제(同年及第)한 사이로 사간원에 있을 때 신돈의 국정농단에 대해 여러 차례 간언하였으나 왕이 외면하자 사직하고 낙향하여 살고 있었던 것이다.

때는 추수가 끝난 늦가을이어서 험한 산길을 택해 아버지를 업고 달리는 둔촌은 금방 쓰러질 듯이 헐떡거렸다.

"애야! 좀 쉬어가자꾸나! 이리 무리하게 가다가는 도중에 네가 먼저 숨이 멎겠구나!"

"아버지! 자식을 먼저 저승길에 보내면 부모는 자식을 가슴에 묻는다 했으니 제가 그런 불효를 저지를 순 없지요! 그러오니 제 걱정은 마시고 편히 제 등에 계시지요!"

이처럼 보채는 아버지를 달래어 천신만고 끝에 신우(信友) 최원도의 집에 도착하니, 가는 날이 장날이라고 하필 최원도의 생일잔치가 걸판지게 벌어지고 있었다.

"여보시오! 당신네는 누구신데 잔치에 오신게요?"

최원도 집의 하인이 낯선 방문객을 훑어보며 물었다. 이에 둔촌이 자신있게 대꾸했다.

"허허! 개경에서 막역지우로 지낸 호연이라 이르면 반길 것이오!"

그런데 한참이나 기다린 끝에 나타난 최원도는 천만 뜻밖에도 둔촌 일행을 반기기는 커녕 역정을 터뜨리며 소리쳤다.

"여보게! 나라에 역모로 쫓기는 신세에 멸문을 당하려거든 혼자나 당할 일이지, 상관없는 나까지 찾아와서 물귀신처럼 함께 걸고들려 하는가?"

"뭣이라...? 아니 진정 자네가 개경의 만월대를 함께 드나들던 천곡(최원도의 호)이란 말인가? 내가 사람을 잘못 본 듯하니 이만 떠나겠네!"

이에 하릴없이 둔촌은 아버지를 다시 등에 업고 길을 떠나야 했다. 그러자 최원도는 둔촌 일행이 앉았던 툇마루에 불을 지르며 역적의 자리는 없애야 한다고 모든 사람들 앞에서 소리쳤다.

이윽고 신우 최원도의 집에서 쫓겨난 둔촌은 아버지를 등에 업고 동네를 벗어나 산길로 접어들자 어쩐지 이상한 생각이 들었다. 아무리 세상의 인심이 험하다 한들 그럴 친구가 아니었던 것이다.

'그래! 필시 무슨 곡절이 있을 것이야! 동년급제(同年及第)하여 황상에게 함께 신돈의 국정농단에 대해 직간하다가 벼슬까지 버린 친구가 이처럼 쉽사리 신의를 저버릴 리가 없지 않은가 말이다. 그리하여 둔촌은 거기에서 걸음을 멈추고 숲속의 덤불속에 숨어있기로 했다. 그때 저만큼 산밤나무 아래에 다람쥐가 떨어진 밤을 볼퉁이가 메어지도록 물고 바윗굴을 들락거렸다.

"허어! 저 다람쥐란 짐생도 겨울준비에 저리 바쁘거늘, 어찌하여 이 나라 조정은 백성들을 굶주림에 허덕이게 한단 말인가!"

그간 나라의 녹을 먹고 올바른 신하로서 황상을 보필한다고 자부해 온 둔촌은 그 순간 부끄러움에 얼굴을 들 수가 없었다. 이제 어느덧 밤은 깊어 산짐승의 외로운 울음소리만이 산속을 메아리치는데, 이때 관솔불을 든 최원도가 저 만큼에서 다가오며 조심스럽데 소리쳐왔다.

"호연! 어디 있는가? 낼세! 천곡이라구! 배가 고플 터이니 어서 나와서 우선 요기라도 하게나!"

아아! 그러면 그렇지! 사내 대장부라면 친구간에 신의가 있어야 하는 법! 하지만 역모로 몰려 도망쳐 온 친구를 받아준다는 것은 함께 죽자는 것이 아니고 무엇인가! 그러니까 최원도는 잔칫날의 수많은 눈을 따돌리기 위하여 짐짓 내쫓는 체 연극을 했던 것이다.

"아아! 천곡! 여기 있네! 자네가 나를 찾아 올 줄 알고 여기서 기다렸다네!"

그제야 두 사람은 반가움에 서로 끌어안으면서 반가운 해후를 했다. 그리고 그 밤에 동네의 인적을 피하여 최원도가 거처하는 사랑방의 다락에 둔촌 부자를 숨겨 주었다. 그리고 갑자기 밥맛이 난다면서 밥사발은 고봉으로 담게 하고, 누룽지에 반찬도 가뜩 차리게 하여 남몰래 둔촌 부자를 먹여 살렸던 것이다.

"호오! 영감님! 요즘 웬일이시옵니까? 우리집 상머슴 복돌이보담두 식성이 더 좋아지셨으니 말씀이예요?"

최원도의 부인이 의아하여 물었지만 그는 딴청을 쓰며 대꾸했다.

"얼라! 사람이 늙으면 느는 건 식탐이란 말도 있잖소? 우리 최씨 가문이 원래 나랏님 학정에 굶어죽은 귀신이 있어서 그렇다오!"

"아유! 한때 나라의 녹까지 잡수신 양반이 무슨 그런 험한 말씀은 거두시구요, 그래도 집안의 대주가 밥 잘 잡수셔 몸이 성하신 건 기뻐할 일이지요! 앞으론 아예 밥을 세 그릇쯤 차려 드릴 것이니 남기지 마시고 다 드십시오!"

이리하여 무려 4년 동안을 둔촌은 최원도의 사랑방 다락에서 숨어 지냈으니 세상에 이런 우정이 다신들 있을 것인가! 한데 눈치 빠른 최원도네 여종 제비가 이를 눈치채고서 안방마님에게 고해바치기에 이르렀으니…! 이에 최원도의 부인은 고민 끝에 넌지시 남편에게 물어보았다.

"영감님! 우리집 사랑방에 인고양이가 숨어산다는데 그게 참말인가요?"

"허어! 미안하오. 당신도 아시다싶이 지난 날 나의 생일잔치에 찾아왔던 호연 부자가 역모의 중죄에 몰렸으니 짐짓 내쫓았던 거지요. 하지만 신우(信友)라면 목숨까지도 함께 하는 법! 그리하여 임자도 모르게 나의 사랑방 다락에 몰래 기거하게 했던 것이라오!"

"오! 그런 사정이시라면 어쩔 수 없는 일이군요. 하지만 이 일이 탄로나면 양가가 다 멸문지화라 이제 와선 비밀을 지키는 수밖에 없겠네요."

하고서 최원도의 부인은 스스로 혀를 깨물어 벙어리가 되었고, 여종 제비는 비밀을 지키기 위해 스스로 목을 매어 자결을 했으니, 만고에 이런 비극과 가담(街談)은 없을 것이다.

"역적의 공모자는 듣거라! 역적을 어디에 숨겼는고?"

훗날 관가의 포졸들이 들이닥쳐 최원도의 가족을 족쳤으나, 부인은 벙어리라 말을 못했고 동네 사람들이 둔촌이 피난 왔을 때에 최원도가 부자를 핍박하여 내쫓았다는 당시 상황을 상세히 증언하니, 포졸들도 그대로 믿고 돌아가 다행히 위기를 넘길 수 있었던 것이다. 하지만 다음 해 1369년에 둔촌의 부친인 이당이 세상을 뜨니, 최원도는 자신을 위해 미리 마련해 둔 수의를 주어, 그가 묻힐 어머니의 산소 바로 아래 자리에 장지를 마련해 주었다. 그곳이 광주 이씨 시조인 둔촌의 부친 이당의 무덤인 것이다.

바로 이러한 아름다운 이야기는 지난 2001년부터 초등학교 4학년 1학기 교과서 '생활의 길잡이'의 〈이호연과 최원도의 우정이야기〉에 실려 있다.

"천곡! 이제 나의 부친이 붕우의 모친 곁에 안장해 계시니, 우리는 피를 나눈 형제나 진배없이 된 게 아닌가? 진심으로 고맙네!"

"아닐세! 오히려 내가 지난번 생일잔치 때 그토록 박대했는데도, 나의 우정을 믿어 주었으니 더욱 고마울 뿐일세!"

이처럼 두 사람은 서로 상대방을 치하하면서 고마워했으니, 참으로 두 우정은 진정 아름답다 하지 않을 수 없다고 하겠다. 그로부터 2년 후 1371년에 신돈의 국정논단이 그의 주살로 막을 내리니 둔촌은 개경으로 되돌아오게 되었다. 이에 최원도가 둔촌을 떠나보낼 때 한 편의 시로서 송별의 예를 갖추니 아래와 같았다. 시의 내용은 두 사람의 우정의 깊이를 가늠해 볼 수 있는 절절하고도 사무친 시심이 담겨진 것이라 하겠다.

慷慨傷時淚滿襟
流離孝懇達幽陰
漢山超諦雲烟沮
羅峴盤回草樹深

天點後先雙馬鬱

誰知君我兩人心

願吉世世長如此

須使交情利斷金

의분과 슬픔으로 상시에 눈물이 옷깃을 적시고
집 떠나 헤매면서도 효성은 저승까지 다달았네.
한산 땅은 멀고멀어 구름안개에 막혀 있고
나현 땅은 회돌아서 풀과 나무가 깊구나.
하늘이 앞뒤로 두 무덤을 점지하였으니
누가 그대와 나 이 둘의 마음을 알겠는가.
바라건대 세세로 길이길이 이와 같이 하여
모름지기 정을 주고받음으로 쇠라도 끊게 하세나.

(인터넷 자료를 참고했음)*

하나 · 청산별곡

두울.
홍의장군

천강 홍의장군 곽재우는 30살 넘어 출사하여 별시(別試)의 정시(庭試)에서 2등으로 뽑혔으나, 선조 임금의 뜻에 거슬리는 답안지의 글귀로 파방(罷榜)을 당하여 무효가 된다. 그런 그가 임진왜란 때 조선 최초의 의병대장이 되어 싸운 이유는 무엇일까? 그의 파란만장한 일생과 함께 풍전등화의 위기에서 나라를 지킨 충혼정신을 추적해본다.

창작 메모 - 우리나라는 역사상 1000여회의 외침을 받아 전쟁을 치르었다고 한다. 그런데도 오늘날까지 우리가 나라를 지켜올 수 있었던 것은 바로 홍의장군 곽재우와 같은 의병이 있었기 때문이 아닐까?

홍의장군

"보이소! 지금 게서 뭘 하는게요?"

남강과 낙동강이 두물머리로 만나는 지점인 돈지 못가에서 목수를 불러 큰 자귀로 기둥을 깎고 서까래를 다듬어 강사(江舍)를 짓는데 불쑥 나타난 그의 동서 김우옹이 어이없다는 듯 물어오는 말이었다.

"허허! 이 사람아! 벌건 대낮에 두 눈으로 똑바로 보면서 모르겠나? 돈지에 짓는 움막이니 돼지우리간이 아니겠는가?"

그러자 그는 내방객은 쳐다보지도 않은 채 혼잣말처럼 대꾸했다. 하지만 그의 목소리는 가슴에 사무친 울화를 참아내는 듯 버럭 역정이 묻어나는 말투였다.

"보이소! 축생이 살 돈사치고는 너무 호화롭지 않은게요? 두 칸이 넘는 대청마루에 방은 또 몇 칸인게요?"

"낚시질이나 하면서 여생을 보내려는데, 우리집 가솔도 솔찮히 많고 자네같은 친족붙이에 붕우들도 찾아올 터인즉, 이를 감안하면 그닥 큰 우리간도 아닐세. 아니 그런가?"

"보이소! 동서! 30넘어 출사하여 별시(別試)의 정시(庭試)에서 2등으로 뽑혔으나, 보이소! 상감님의 뜻에 거슬리는 글귀로 파방(罷榜)을 당하여 무효가 됐기로, 보이소! 우두망찰한 심정은 이해하겠으나 이처럼 장부의 기개까지 꺾여서야 동서답지 않구려!"

그러자 그의 동서는 고치기 힘든 말투인 듯 '보이소'를 연발하며 계속 걱정스런 얼굴로 말을 건네오는 것이었다.

"하하! 너무 심려는 거두시게! 사람마다 타고난 분복이 있다면 나는 아마도 이런 향촌에 묻혀 한평생 강태공처럼 낚시질이나 하면서 소일함이 상팔자일지도 모르잖소?"

"아암! 그러다가 세월을 잘 낚으면 다시 출사를 하게 될지도 모르는 일이구... 암튼 대들보 얹는 날 다시 올 터이니 술독은 담가 놓았겠지요? 하하!"

이윽고 동서가 도포자락을 휘날리며 물러가자, 그는 다시 목수에게 다가가 채근을 했다.

"목수양반! 장마가 오기 전에 지붕을 덮을 수 있게 공사를 서둘러주시오."

"하이고 마! 급히기로 따지면 이 놈이 더 합니다요! 논매기를 몬해서 피가 산처럼 욱었다 아입니꺼?"

목수의 허풍스런 대답이 끝나기도 전에 갑자기 하늬바람이 쏴아 불어오더니, 난데없는 까마귀들이 까악까악 짖어대며 하늘을 덮어왔다.

'어허? 나라에 뭔 변고가 나려고 저리 까마귀가 짖는가?'

순간 그는 손바닥을 눈썹 위로 올리며 중얼거렸다. 근년에 와서 남해와 동해에 부쩍 왜구가 출몰한다는데 혹여 난리라도 터지려는 건 아닌지...? 하기사 태평성대 세종대왕 시절에도 북방엔 여진족 오랑캐가 침범하여 육진을 개척해야 했고, 남단의 대마도를 정벌하는 환난이 벌어지기도 했으니까...!

'허허! 강호에 묻혀 강태공 노릇도 내 팔자엔 물 건넌 일이런가? 이제 겨우 강사의 지붕도 덮지 않았는데 세상이 이리 하수상하니...!'

이윽고 그는 검은 구름장이 몰려오는 앞산 숲속으로 날아가는 까마귀떼를 바라보며 혼잣말로 중얼거렸다. 이때 항상 몸종처럼 따르는 장쇠가 뒤웅박에 샘물을 가득 담아오며 고해왔다.

"저… 나리! 가뭄 때라 더 목이 타시지요? 뒷산 바위너덜의 약수를 떠왔습니다요."

"그래? 마침 갈증나던 참이네. 이리 주게."

그는 장쇠가 내미는 뒤웅박을 기울여 벌컥벌컥 시원한 약수를 들이켰다. 그리고 목수에게 넘겼다.

"하하! 이 놈은 맹물보단 일 마친 후에 탁주나 한 사발 내려주시오."

"알았오. 장쇠야. 부엌어멈에게 부탁해 술상을 준비시켜라."

"예에! 분부대로 하겠습니다요."

장쇠가 물러가자 그는 돈지 못가를 둘러싸고 빽빽하게 우거진 시누대나무밭으로 다가갔다. 보통 대나무와 달리 시누대는 큰 것도 중지만큼 가늘게 뻗었는데, 베틀의 잉앗대나 화살대로 쓰이는 것이었다.

'으음! 다 베어내면 족히 수만 발의 화살도 만들 수 있겠군.'

그는 심중에 그런 궁리를 하면서 다시 강사를 짓는 목수에게 가까이 다가갔다. 그리고 잠간 주저앉아 땀을 들이는 목수에게 건넸다.

"목수양반! 강사의 공사를 더욱 서둘러야겠오!"

"예에? 장마 전에만 마치면 되잖습니까?"

"허허! 아까 까마귀떼가 재촉하지 않습디까?"

그는 목수가 알아듣지 못할 핑계를 내세우며 이번엔 가끔씩 물고기가 텀벙 뛰어오르는 돈지 못가로 다가갔다. 그러자 인기척을 느낀 물고기들이 낚시 밑밥이라도 줄줄 알았는지 더욱 채근하듯 물툼벙질을 해댔다.

'틀림없어. 홍수가 지기 전에 개미떼가 굴을 떠나듯이 물고기가 저리 노는 것도 나라에 흉사가 가까워 오는 징조일게야! 그렇다면 미리 이를 대비해야겠지?'

그는 이렇게 중얼거리며 저녁연기가 피어오르는 동네 마을을 바라보았다.

"장쇠야. 인근 마을의 장정들을 다 모으면 몇 명이나 되겠는고?"

강사를 다 지은 어느 날 우연히 백말 한 필이 그의 집에 들어오자 그는 여물을 배불리 먹이며 승마에 열중했다.

그런데 늦게 배운 도둑질에 날새는 줄 모른다고 과거를 보기 전에 학문에 정진하듯이 이젠 말을 타고 무예를 익히는 일에 빠져갔다.

"나리! 선비의 체통을 생각하시어 정수암에 은거하는 활빈당처럼 험한 무예는 삼가시지요."

"어허! 내 이제 과거에 나갈 일은 없느니라! 그러니 무예라도 익혀야 소일거리가 되지 않겠느냐?"

"예에? 그래서 쇤네에게 인근 동네의 장정들을 모아보라 하셨습니까요?"

"그래! 언제 강사가 있는 돈지에 왜구같은 도적떼가 나타날지도 모르는 흉흉한 세상이니 응당 대비를 해야 할 것이야! 아니 그러냐?"

그는 이런 대꾸로 장쇠의 입막음을 한 후에 그 다음날부터 일터에 나가기 전인 이른 새벽과 일몰 후의 짬에 장정들에게 태껸으로 체력을 다지고 칼쓰기와 활쏘기도 훈련시켰던 것이다.

"나리! 이러시다가 고을 원님에게라도 발각되시면 큰 사단이 날까 걱정입니다요."

장쇠뿐 아니라 인근 동네의 장정들이 걱정을 하자, 그는 이런 대답으로 그들을 안심시켰다.

"염려들 말게! 정수암 활빈강도의 습격을 막고자 할 뿐 다른 뜻은 없노라 고하면 괜찮을 걸세!"

당시 의령군 궁류면 운계리 입사마을에서 서북쪽으로 3마장쯤 되는 곳에 정수암이란 절이 있었는데 전성기에는 300여 명이 넘는 승려들이 드나들었다. 그러나 활빈강도인 정광태는 이곳을 소굴로 삼아 승려들을 내쫓고 졸개들을 시켜 관가나 부잣집의 재물을 털어 산고을에 사는 빈민들에게 나누어 주었던 것이다. 하지만 대대로 큰 벼슬을 지내 부자로 살았던 그로서는 활빈강도 정광태가 물리쳐야 할 도적이었던 것이다.

"싸움에서 이기는 전법의 첫째가 뭔지 알겠는가?"

그는 훈련에 앞서 집합한 장정들에게 물었다.

"그야 무예가 출중해야겠지요?"

"아니다. 그보다는 지략이 앞서야 한다. 삼국지에 한나라 유비보다 조조의 군사가 훨씬 강했지만, 제갈량의 지략에 적벽대전에서 패하였느니라!"

"나리! 그렇담 우리를 이리 훈련시킴은 어인 까닭입니까?"

"그건 무예란 싸움의 기본이기 때문이야! 호랑이도 사냥할 땐 연습을 하는 법이니까…! 하하하!"

그때 그는 호탕하게 웃으면서 장정들에게 다시 칼쓰기와 활쏘기 훈련을 다그쳤다.

"나리! 이곳에 강사를 지으실 때만 해도 이놈은 나리께서 선비로 강태공처럼 낚시질이나 하시면서 유유자적하실 줄 알았습니다요. 근데...?"

"어허! 장쇠야! 내 이미 말하지 않았느냐? 나에게 과거란 한번으로 족하다구...! 이미 상감께서 나를 파방까지 하였거늘, 두번 다시 미련을 둘 일이 아니지 않느냐?"

또다시 장쇠의 물음에 그는 버럭 화까지 내며 오직 장정들과 함께 무예를 닦는 일에만 전념하는 것이었다.

"왜구가 쳐들어왔단다! 부산진 앞바다에 까마귀떼 같은 수백 척의 배로 물소뿔 모양의 투구에 화살도 뚫리지 않는 철갑옷을 입은 수십만 왜군이 밀물처럼 쳐들어왔단다!"

부산진 목사가 한양으로 띄운 장계보다도 더욱 빠르게 임진왜란의 소문은 남녘으로부터 파발역과 가까운 지역뿐 아니라 산골마을에까지 봉화처럼 빠르게 퍼져나갔다. 여기에 특히 왜병이 남녀노소 닥치는대로 사냥하듯 조선사람을 살육하고 코를 베어간다는 끔찍한 소문은 실제의 현실로 나타났던 것이다.

그래서 마을의 어린아이가 울면 예전에는 "에비! 뚝 그쳐! 호랑이가 물어간다!" 하고 겁을 주던 어른들이 "아가야! 울면 왜놈이 코베어간다!"고 엄포를 놓았던 것이다.

'아니! 이 놈들이 기어이...!'

그리하여 그도 이 엄청난 소식을 듣게 되었는데, 하지만 그는 놀라기보다는 이미 예견한 일이었기에 그동안 창고에 쌓아둔 칼과 활과 화살을 비롯한 무기와 무기 대용의 쇠스랑과 낫 등 농기구까지 점검하는 일로 며칠을 지새웠다.

"나리! 이제 그간 훈련해 온 장정들을 모아야 하지 않겠습니까?"

장쇠가 허둥지둥 그에게 달려와 말했지만 그러나 그는 얼른 대꾸를 하지 않고, 강사에 딸린 헛간의 지붕으로 올라가 앞산으로 뻗은 고갯길을 바라볼 뿐이었다. 그리고 고개를 떨구며 깊은 생각에 잠겼다. 벌써 여러 해 흘러갔지만 선조 18년에 그는 별시 문과에 2등으로 급제하였으나, 답안지에 상감의 비위를 거슬리는 글귀를 썼다는 이유로 전방(全榜)을 파하여 무효가 됨으로써, 다시는 과거에 나아갈 뜻을 포기하고 남강과 낙동강의 합류지점인 기강 위의 돈지에 은거하게 되었다. 그러한 그가 무슨 충신이 났다고 나라를 위해 싸운단 말인가? 그는 며칠 동안 마음의 갈피를 잡지 못하고 고뇌에 빠졌다. 그러나 노도처럼 금수강산을 초토화하면서 한양으로 진군하는 왜군과 사색당파의 당쟁으로 지새던 조정 대신들과 선조가 의주로 몽진했다는 소식엔 더 이상 망설일 수가 없었다.

"장쇠야! 내가 써 주는 이 격문을 인근 마을에 돌려라! 나라의 운명이 풍전등화처럼 경각에 달렸으니 이를 어찌하겠느냐!"

결국 그는 구국의 일념으로 조선에서 맨처음 의병을 일으키는 결단을 내렸던 것이다.

"예에! 일각을 지체하지 않고 의령땅 마을마다 돌아다니며 격문을 돌리겠습니다요!"

장쇠는 꼴망태에 격문을 짊어지고 문밖으로 뛰쳐나갔다. 그리고 다음 날이 밝자 평소 그에게 무예훈련을 받았던 인근 동네의 장정들을 중심으로 70여 명의 의병들이 모여들었다.

"그대들은 들으시오! 지금 왜군은 벌써 한양을 점령했다 하오! 이제 후속으로 밀려드는 왜군은 우리가 그 허리를 잘라야 하오! 모두 목숨을 바쳐 이번 전쟁에 나서야 할 것이오!"

그의 하늘을 쩡쩡 울리는 명령에 장정들은 모두 한 목소리로 대답했다.

"장군의 명에 따르겠습니다!"

"그럼 지금부터 출전준비를 해야 하오! 그런데 평소 입던대로는 안 되고 그렇다고 갑옷도 없으니, 내가 오늘을 대비하여 준비해 둔게 있소! 모두 나를 따라 입으시오!"

이윽고 그는 강사에 딸린 창고로 들어갔다. 그리고 어느새 준비해 두었던지 관아의 병졸들이 입는 관복같은 복장을 꺼내왔다. 그것은 꼭두서니로 빨갛게 물들인 병졸옷이었는데, 쳐다만 봐도 마치 사람이 아니라 귀신처럼 무시무시하게 느껴졌던 것이다.

"자아! 모두 이 옷으로 갈아입어라! 이제 우리는 홍의군(紅衣軍)이 된다!"

"와아! 주군은 우리의 홍의장군이십니다. 홍의장군 만세! 홍의장군 만세!"

순식간에 늠름한 홍의군으로 변한 장정들은 사기가 충천하여 천강 홍의장군을 에워싸고 만세를 불렀다. 그는 곧장 평소에 뜻을 같이 했던 동문수학(同門修學)의 친구들까지 불러모아 삼국지에서 도원결의한 유비와 관우와 장비처럼 생사를 함께 하기로 맹약을 했다. 그리고 그로부터 의병의 군세는 더욱 커져서 순식간에 무려 2천의 숫자를 헤아리게 되었던 것이다.

"모두들 듣거라! 우리가 비록 관군처럼 체계는 없으나 나와 함께 구국의 대열에 떨쳐나섰다! 비록 나라가 백성을 지켜주지 못하더라도 임금을 보위하는 건 백성의 몫이 아니겠는가? 이 기회에 서름많고 불쌍하게 살아온 우리 민초들이지만, 조정의 대신들이나 관군보다 더욱 용맹하게 싸워서 왜적을 무찌르자!"

마치 호랑이처럼 표효하는 홍의장군의 추상같은 명령에 의병들은 더욱 사기충천하여 왜군에게 빼앗긴 함안군을 점령하고 곧이어 정암진(솥바위나루)에서 도하작전을 전개하던 왜병을 막는 대격전을 치르게 되었다. 그는 숲 속에서 곧장 내려다보이는 솥바위나루의 왜병들을 엿보았다. 그런데 워낙 중과부적이어서 먼저 출병하는 건 무리일 것 같았다.

'어허! 이런 때에는 제갈량처럼 지략을 써야 하는데...!'

그는 장검과 창을 양손에 거머쥐고 머리를 짜냈다. 그러다가 드디어 장쇠에게 명했다.

"장쇠야! 내가 집에서 가져온 패물을 몽땅 이리 가져오너라!"

"예에! 어디에 쓰시게요?"

그 패물은 급할 때 저자에 팔아 군량미를 구하는데 쓸 요량이었다. 하지만 지금은 그보다 더욱 긴요한 데가 생겼던 것이다. 그는 장쇠가 가져온 패물들을 나무상자에 나누어 담아 낙동강으로 은밀히 가져가 왜병이 진을 치고 있는 하류로 흘려보냈다.

"저 상자가 무엇이냐? 혹시 보석함이 아니냐?"

왜병들은 다투어 떠내려오는 나무상자를 건져다가 부대를 지휘하는 상관에게 바쳤다. 그리고 그 속에 패물이 들어있자 환호성을 지르며 기뻐했다. 다음 날 그는 이번에는 휘하를 풀어 나무상자에 땅벌을 잡아다 넣은 후에 역시 강물에 떠내려 보냈다. 그러자 이번에도 왜병들은 무슨 보물인가 싶어 나무상자를 건져서 상관에게 바쳤고, 이를 열자마자 머릿속과 옷속까지 파고드는 땅벌의 총공격을 받은 왜병들은 혼비백산하여 흩어졌다. 그 다음 날 그는 더욱 큰 나무상자에 무엇인가를 담아 다시 강물에 띄워 보냈다.

"하하! 요런 발칙한 조선놈들을 봤나? 우리가 한 번 속지 두 번 속을 줄 알고...?"

왜병들은 그가 떠내려 보낸 나무상자에도 또 땅벌이 숨겨진 줄 알고 막사의 연병장에 둘러서서 모닥불을 피운 다음에 그 나무상자들을 태우기 위해 불속에 던졌다. 그러자 다음 순간 천지를 진동하는 폭음과 함께 화약이 폭발하여 연병장은 아수라장이 되었고, 수많은 왜병들이 죽거나 부상을 당하게 되었던 것이다. 이처럼 왜병과의 싸움에서 탁월한 지략을 보였던 그는 계속 승승장구하여 현풍, 창녕, 영산, 진주까지 작전지역을 넓혀가며 왜적을 물리쳤다.

"왜병들은 쥐새끼들 같아 야음을 틈타서 잘 움직인다. 그러니까 적들이 다닐 길에 함정을 파놓거나 길에 우거진 지장풀을 묶어놓아 행군을 하다가 함정에 빠지거나 지장풀 올무에 걸려 자빠지게 해야 한다. 그리고 미리 매복을 했다가 그때를 이용해 급습을 한다."

그뿐 아니라 그는 적군과 아군에게 스스로를 '천강 홍의장군'이라 칭하여 위엄을 떨쳤고, 필마단기로 적진에 뛰어드는 용맹을 보이거나 허수아비로 가짜 병사를 만들어 위장전술을 펴기도 했다. 또한 익숙한 지리를 이용하여 거미줄 같은 땅굴을 파고 은신하여 공격함으로써 왜병을 겁먹게 하였다. 심지어 목숨을 내건 유격전으로 왜적을 섬멸하는 전법을 구사하기도 하였으니, 왜병들은 그가 이끄는 홍의군이라면 싸울 엄두를 못내고 모두 달아나기에 바빴다.

"전쟁의 승패는 병사간의 직접 싸움에만 있는 게 아니다. 앞에서 전진하는 병사들에게 보급할 군수물자를 운반하지 못하게 막는 것도 요체다. 말하자면 몸에서 혈류를 끊어버리는 것과 같은 이치야!"

하면서 그는 낙동강의 지류인 기강을 중심으로 군수물자와 병력을 운반하는 적선척을 기습하여 적의 통로를 차단하는데 성공하였다. 그리하여 그해 10월에는 의병 김시민의 진주성 싸움에도 휘하의 의병을 보내어 승리로 이끄는데 결정적인 기여를 하기도 했다. 물론 이 무렵에는 전국 방방곡곡에서 의병들이 벌떼처럼 들고 일어나 점점 지쳐가던 왜군과 반대로 의병과 조선군의 사기는 갈수록 높아가던 시점이기도 했다.

'오늘은 은하수를 사이에 둔 견우와 직녀도 일년에 단 한번이나마 까마귀가 놓아주는 오작교를 건너 만난다는 칠월 칠석이로구나! 하지만 이 몸은 의병이 되어 왜적과 싸우느라 그리운 처자와 헤어진지 어언 100일이 가깝도

록 꿈속에서 조차 만나지 못하니, 이 어이 애통타 하지 않으리오!'

왜병과의 전투가 소강상태에 빠져 벌써 여러 날째 진지를 지키고 있는 그는 점심상을 받자 수저도 들지 않고 이런 회심한 생각에 빠졌다. 그때 장쇠가 달려와서 한양에서 전해온 급보를 알렸다.

"장군! 한양으로부터 내려 온 전교이옵니다."

"뭬야? 상감께서...?"

"예에! 어서 받자옵소서!"

그는 자리에서 일어나 임금에게 북향삼배의 예를 올린 후 무릎을 꿇고 교지를 펼쳤다. 거기엔 임금 선조로부터 입궐하라는 어명이 적혀 있었다.

'입궐이라니...? 이 전란의 와중에 무슨 일로...?'

너무도 예상치못한 뜻밖의 일이었기에 그는 기쁘거나 반갑기보다는 의아하고도 걱정스러웠다. 이를 눈치챈 듯 장쇠가 조용히 물어왔다.

"장군! 요즘 풍문에 의하면 전국 방방곡곡의 의병대장에게 상감께서 공로에 따라 벼슬을 하사하신다는데 혹시 그런 전교가 아니시온지요?"

"으음! 바로 맞혔다. 하지만 언제 다시 왜적과 전투가 벌어질지 모르는 판국인데 난감한 일이지 않느냐?"

그는 장쇠에게 이렇게 대꾸하며 처음 왜적과 싸우기 위해 의병으로 나설 때처럼 고민에 빠졌다. 그러다가 문득 그의 스승이자 처가 어른이신 남명 조식 선생을 떠올렸다.

'그래! 나 혼자 결정하기보다 그 분께 여쭈어봄이 좋을 것이야!'

그리하여 다음날 그는 말을 타고 장쇠만 데리고서 조식 스승을 찾아갔다.

"어허! 언제 왜병이 나타날지 모르는 위험한 때에 갑자기 어인 일인고?"

조식 선생은 문하생이자 외손서인 그를 무척 반기면서도 걱정스레 물었다.

"예에! 그간 기체 강녕하시온지요? 상감께서 제게 교지를 내리셔 어찌해야 할지 혼돈스러워 스승님께 고견을 여쭙고자 급히 찾아왔사옵니다."

이윽고 임금의 교지를 읽은 스승은 잠시 낙락장송에 학이 깃든 그림의 부채를 폈다 접었다 하며 심사숙고를 하더니, 곁의 벼루에 남은 먹물을 붓에 듬뿍 찍어서 한 편의 시조를 써내려갔다. 그는 하얀 화선지 위에 꿈틀꿈틀 살아나는 시조를 읽었다.

삼동에 베옷 입고 암혈에 눈비 맞아
구름 낀 볕뉘도 쬔 적이 없건마는
서산에 해지다 하니 눈물겨워 하노래!

"이 시조는 스승님께서 손수 지으신 게 아니십니까?"
"그렇네! 나의 문집 남명가에 들어있는 것 중에 하나이지! 외손서! 이 시조의 뜻대로 함이 어떻겠는고?"

그러니까 이 시조는 남명 조식 선생이 평생 동안 벼슬을 하지 않고 산중에서 은거하는 몸이라 국록(國祿)을 먹거나 군은(君恩)을 입은 바는 없지만, 그래도 임금(중종)이 승하하셨다는 소식을 접하고 애도하는 마음을 읊은 것이었다. 따라서 스승이 이럴진대 비록 과거에서 2등을 하고도 파방을 당했다고 하나 나라와 임금을 구하고자 의병으로 싸웠으니, 그 논공으로 제수하는 벼슬이라면 이를 받아들임이 마땅한 군신의 도리가 아니겠는가 하는 의미의 시조일 터였다.

"스승님! 무슨 말씀이신지 잘 알겠사옵니다."

그는 즉석에서 스승에게 이렇게 아뢴 다음에 다시 말의 방향을 한양으로 바꾸어 달렸던 것이다. 그리하여 그는 임진왜란이 일어난 그해 7월에 유곡찰방(幽谷察訪)을 시작으로, 바로 이어서 형조정랑에 제수되었고, 10월에는 절충장군(折衝將軍)에 승진하여 조방장(助防將)을 겸하고, 이듬해 12월에는 성주목사에 임명되어 삼가(三嘉)의 악견산성(岳堅山城) 등 성지(城地)의 수축에 열중하다가, 1595년에 다시 진주목사로 전근되고 보니 도무지 벼슬길이란 하도 휘둘림이 심하여 정신을 차릴 수가 없을 지경이었다. 이쯤 되자 그는 차라리 왜병과 싸울 때가 비록 목숨을 걸었다 하나 속이 편했던 듯 싶었다. 그리하여 그는 과감히 벼슬을 버리고 현풍의 가태(嘉泰)로 돌아왔다.

"역시 송충이는 솔잎을 먹고 살아야 하는 법이야! 장쇠야! 오늘 낚시엔 웬 메기가 물렸지 뭐냐? 안방마님께 얼큰하게 매운탕으로 끓여 박주산채랑 함께 내어오도록 하여라!"

돈지에서 한나절 낚시를 담갔더니 커다란 뒤웅박에 그득 차게 잡히어 그는 신바람나는 어조로 말했다.

"예에! 장군께서 이제야 그리 바라셨던 강태공이 되신 듯 하옵니다."

그러자 장쇠도 덩달아 신이 나서 물고기가 가득 담겨 펄떡대는 뒤웅박을 받아들고 안채의 부엌쪽으로 달려갔다.

'아직도 날 장군이라…? 하기사 한번 정승 판서를 지낸 가문은 백년이 지나도 정승 대감댁이 아니던가! 허허!'

그는 건성웃음과 함께 이렇게 중얼거리며 문득 지난날의 회고에 잠겼다. 30줄이 넘어서야 과거에 급제하였으나 임금에게 노여움을 산 글귀로 파방을 당하고 향촌에 돌아와 강사를 짓고, 벼슬길은 영영 포기한 채 강태공처럼 낚시질이나 하면서 남은 여생을 보내리라 다짐했다. 그러나 임진왜란의 난세는 그를 가만두지 않아 조선에서 최초로 의병을 일으키게 하였고, 그의 뛰어난 용맹과 지략은 홍의장군이라 불리우며 수많은 전공을 세우게 했던 것이다. 그리고 갑작스러운 선조 임금의 부름을 받고 여러 벼슬자리를 제수받아 떠돌다가 다시 향리에 돌아온 그는 인생만사가 한바탕 꿈이라는…, 그야말로 남가일몽이었다고나 할까? 그는 메기매운탕을 안주로 투박한 막사발에 가득 부은 탁주를 들이키면서 문득 이런 지난날의 추억을 떠올렸다.

'그런데 아무리 꿈처럼 살려 해도 요즘 세상 돌아가는 꼴이라니…! 후우!'

이윽고 그는 눈을 들어 문밖으로 보이는 앞산을 바라보며 중얼거렸다. 그토록 유사 이래 가장 참혹한 임진왜란은 이제 당사국인 조선은 내팽개쳐진 채 명나라와 일본 사이에 벌어진 강화회담은 끝내 결렬되고 말았다. 마치 오늘날 남북 관계와 6자회담처럼 벼랑끝 전술을 구사하던 일본은 다시 군사를 재정비하여 재침의 기회를 삼았다고나 할까?

"장쇠야! 요즘 삼남에 무슨 소문이 떠도는지 아느냐?"

그런데 아무리 낙향을 하여 귀를 막고 살려 해도 한번 벼슬길에 나간 탓인지 그는 속세의 소문이 궁금해지는 것이었다. 그렇기에 그의 스승인 남명 조식 선생도 그런 시조를 지으신 게 아닐는지..?

"장군! 아무래도 왜적이 다시 쳐들어온다는 소문이 파다하옵니다."

"그게 정말이더냐? 참으로 큰일이로고!"

그가 향촌에 우거하면서도 조바심을 치는 것은 그토록 참혹한 임진왜란이었는데도 조정의 대신들은 더욱 사색당파의 싸움에 몰두했고, 임금은 여전히 이런 신하들의 논공행상만 따지다가 국정의 난맥상을 풀기는커녕 더욱 오리무중에 빠뜨렸던 것이다.

"장쇠야! 아무래도 내가 다시 의병장이 되어야 할 날이 돌아올 것 같구나! 그동안 쌓아둔 무기 창고랑 잘 챙기거라!"

"예에! 장군의 명을 받들겠습니다."

그러자 장쇠는 홍의군 때처럼 군율을 갖추어 대답했다. 그리고 그로부터 며칠 후에 그는 또다시 나라의 부름을 받고 경상좌도방어사로 현풍의 석문산성을 신축하였으나, 그 노역을 다 마치기도 전에 왜군이 재침입하여 8월에는 창녕의 화왕산성으로 옮겨 성을 수비하게 되었다. 그러나 이때 그의 계모 허씨가 세상을 뜨니 장의를 마친 뒤에 벼슬을 버리고 울진으로 가서 두문불출했다. 하지만 위급한 나라에서는 1599년 또다시 그에게 경상우도방어사를 맡기니 상중임을 핑계로 나아가지 않았다. 하지만 다시 그해 9월에 경상좌도병마절도사를 제수하니, 이때에도 미루다가 겨우 10월에 이르러서야 부임을 했다. 이제 그에게 벼슬길은 고통길이 되었다고나 할까? 결국 이듬해 봄에 칭병으로 귀향해버리자, 이를 괘씸하게 여긴 사헌부의 탄핵을 받게 되었고, 그는 영암으로 귀양을 갔다가 2년만에야 풀려났다.

'오호라! 일찍이 출사했던 조선의 선비들이 한결같이 벼슬길은 곧 귀양길이라고 했는데, 나도 이제 그 길에 들어섰단 말인가?'

그는 이런 탄식을 하면서 현풍의 비슬산으로 들어가 곡식을 금하고 솔잎으로 끼니를 이어갔다. 이를 보다못한 장쇠가 그에게 하소연했다.

"장군! 이젠 신선이 되려 도를 닦으시려는 것이옵니까? 곡기마저 끊으시다뇨?"

"알았다. 그럼 차라리 다시 옛날처럼 강태공으로 돌아가면 되겠느냐?"

이윽고 그는 훌훌히 가산을 정리하여 이번에는 영산현의 남쪽에 위치한 창암진의 강가에 강사를 짓고 망우정(忘憂亭)이란 당호의 현판을 걸어 남은 여생을 보낼 계획을 했다. 그러나 가지많은 나무에 바람잘 날 없듯이 그는 나라의 동량으로 쓰일 큰 재목이었고보니 조정은 그를 그냥 내버려두지 않았다. 1605년 선조 37년에는 찰리사가 되었고, 이어 선산부사, 안동부사 등에 임명되었으나 나아가지 않았다. 그러자 다시 경직(京職)인 동지중추부사와 한성부우윤을 제수하였고, 광해군 즉위연도인 1608년에는 경상좌도병마절도사와 용양위부호군을 거쳐 이듬해에 경상우도병마절도사와 삼도수군통제사에 제수되니, 대체 얼마나 많은 벼슬을 짊어져야 내려 줄 것인지 헤아리기 어려웠다.

결국 그는 경상우도병마절도사와 삼도수군통제사는 사양하고 물러났으나, 1610년에 광해군의 간청으로 한성으로 올라가 호분원의 부호군 겸 오위도총부의 부총관에 제수되었던 것이다. 이어서 한성부좌윤에 임명되었는데, 역시 나아가지 않자 바로 함경도관찰사로 바꾸어 발령이 났다.

'세상에 벼슬을 얻으려 금은보화를 바치는 자들도 많거늘, 나는 어찌 이리도 마다하는데 자꾸 벼슬을 내린단 말인가? 참으로 공평치못한 새상이로고!'

그는 누가 들으면 이런 어이없는 탄식을 하면서 또다시 광해군 4년에는 전라도병마절도사에 임명되었으나 칭병을 핑계로 나아가지 않다가, 이듬해 영창대군을 신구(伸救)하는 상소를 올리고 낙향해버렸다. 그럼에도 그는 1616년에 장례원판결사에 제수되었는데 역시 나아가지 않았다. 이로써 그의 파란만장한 벼슬길은 종지부를 찍게 되었다고나 할까?

"나리! 벌써 해가 서산으로 넘어가옵니다. 저녁 진지상을 올리라 할깝쇼?"

사랑방 여물솥에 군불을 때고 난 장쇠가 그의 방문을

열고 얼굴을 들이밀며 하는 말이었다. 어느새 상투머리는 듬성듬성 빠져 겨우 솔방울만큼 매달렸고 눈가의 주름살은 깊숙이 파였다. 그런 장쇠의 모습에 그는 얼핏 아려오는 가슴의 통증을 느끼며 대답했다.

"그러게나! 기왕이면 자네와 겸상을 하고 싶구먼!"

"하이고! 쇤네는 툇마루에서 먹는 게 더 마음이 편합지요. 요즘 간고등어가 제철이니 구어올리라 하겠습니다요. 헤헤!"

25년 전 임진왜란 때에 홍의를 떨쳐입고 전장터를 누비던 시절을 떠올리면, 그 장쇠가 맞는가 싶게 벌써 그도 노인 티가 완연했던 것이다.

"이보게! 자고로 10년 벗이라 했거늘 자네는 나와 함께 평생을 보내는 처지인데 겸상이 뭐가 어렵단 말인가?"

해서 그와 장쇠는 모처럼만에 한 상에 마주 앉아 저녁 식사를 하게 되었던 것이다. 그런데 평상시대로 그의 밥그릇엔 쌀이 많이 섞이고 장쇠의 밥그릇엔 보리가 많이 섞여 있자, 얼른 수저를 들어 그의 쌀밥을 듬뿍 떠서 그의 밥사발에 덮어씌웠다.

"하이고 나리! 왜 이러십니까? 쇤네는 보리밥이 소화도 잘 되고 맛이 좋답니다."

"허허! 내가 어렸을 때 우리 선친께서도 오늘처럼 일꾼과 겸상을 하는 걸 보았다네. 그때 선친께서 당신의 쌀밥을 떠서 일꾼에게 얹어 주시더라고…! 문득 그때 생각이 나서 그러는 것이니 사양말게나."

"허참! 갑자기 쌀밥에 뱃속의 거지가 놀라서 탈이나 나지 않을는지요?"

하면서 장쇠는 그제야 무릎을 모아 황송해 하면서 쌀밥을 맛있게 먹었다.

"그냥 편히 앉아 먹게. 원 그렇게 불편하게 먹으면 내가 체하겠네! 하하!"

그는 요즘 들어 도통 입맛이 없는데 장쇠와 겸상을 하자 함께 밥숟갈이 바빠졌다.

"나리! 요즘 강에 장어가 돌아왔는데 제가 한번 통발을 놓아볼깝쇼?"

"그래? 옛날부터 이맘 땐 장어가 잘 잡혔지! 하지만 임진왜란 후에는 화약이 터져서인지 씨가 말랐지 않는가?"

"예에! 전쟁의 후유증은 사람에게 뿐 아니라 산천초목과 축생까지도 피폐하게 만들었지요. 후우!"

"그렇구먼! 나도 이제 밤이면 뼛속까지 쑤시고 잠도 잘 오지 않으니, 왜병과 싸운 후유증이 골병이 된 게 아닌가 싶구먼!"

이윽고 수저를 내려놓은 그는 양쪽 어깨를 두드려 몸을 추스리며 바람벽에 기대어 앉았다. 그리고 그날 밤 그는 비몽사몽간 꿈속에서 두 사람을 만났다.

"장군! 제가 뵈온 적은 없습니다만 잘 알고 있었습니다."

"그런가? 나 역시 그대를 잘 안다! 내가 노량 앞바다에서 마지막 해전을 벌일 때 그대도 왜적들과 용감히 싸워 쳐부수지 않았는가?"

"황공한 말씀이옵니다. 백의종군까지 하신 장군의 그 충절을 제가 어찌 흉내나 내겠습니까?"

"무슨 겸양의 말씀인가? 나라 위해 한 목숨 바치는 데는 귀천과 경중이 따로 없는 법이거늘, 천강 홍의장군 그대를 나 또한 존숭하오!"

"장군님! 그러시다면 저도 휘하에 거두어 주십시오!"

그가 애원하듯 호소하자 장군은 흉탄을 맞은 가슴에 흐르는 핏물을 가리키며 엄숙히 말했다.

"홍의장군! 그대가 나라와 상감을 위해 싸운 피도 나와 같을 것이다! 그러니 저 세상에서도 우리 함께 하면 어떻겠는가?"

"예에? 그럼 저를 받아주시는 겁니까?"

그때 그는 감격에 겨워 이렇게 외치다가 번쩍 눈을 떴다. 그러나 그것은 일장 꿈이었다. 그런데 그가 다시 잠이 오지 않아 실랑이질을 하다가 겨우 다시 눈을 붙였을 때, 이번엔 그와 아주 절친했던 광주 의병장 김덕령이 나타났다.

"이보게! 망우당(忘憂堂)이라면 무얼 그리 잊고 싶단 말인가?"

김덕령은 살아 생전처럼 갑옷으로 무장하고 칼까지 찬 채, 그의 강사에 걸린 현판을 바라보며 물어왔다.

"하하! 그건 말하지 않아도 자네 역시 잘 알지 않는가?"

"으음! 임진왜란 때의 그 숱한 전투도 또한 여러 번 꿰어찼던 벼슬도 다 잊고 싶단 말인가? 하하!"

"바로 맞혔네! 한 때는 전쟁도 벼슬도 나의 운명이거니 기꺼이 받아들였지만, 이순신 장군이 백의종군하게 되시고, 자네가 이몽학의 난에 휘말려 세상을 뜨는 걸 보고, 나도 이젠 더 이상 관직생활에 미련을 두지 않게 되었네! 그래서 이곳에 망우당을 짓고 나의 호를 그리 부르게 되었다네! 하허허! 공자님의 말씀에 유붕(有朋)이 자원방래

(自遠方來)하니 불역낙호(不亦樂乎)라 했으니, 우리 함께 박주산채일 망정 한 잔 하세나!"

그는 장쇠를 불러 술상을 가져오게 한 후에 김덕령과 마주 앉아 주거니 받거니 술잔을 기울이다가 문득 닭이 우는 소리에 퍼뜩 깨어버리고 말았다. 그러나 한번 감겨진 그의 눈꺼풀은 영영 뜨여지지 않았다.

"나리! 벌써 해가 중천이옵니다. 그만 기침하시지요!"

장쇠가 쇠죽을 끓여 외양간의 구수통에 부어주고, 안마당과 바깥마당의 비질까지 다 끝내도록 사랑방에서 그의 기침소리가 없자 의아하여 방문을 열고 그에게 아뢰었던 것이다. 하지만 여전히 그의 방에선 인기척이 나지 않았다.

"안방마님! 나리께서... 나리께서...!"

놀란 장쇠가 안채로 뛰어들며 소리치자 마당에서 병아리를 몰고 모이를 쪼던 암탉이 후다닥 풍겼다.

"나리! 사람의 한평생이 남가일몽이라 하시더니, 이리 허망하게 가시옵니까? 어허이!"

장쇠는 갑자기 허리가 꼬부라진 노인이 되어 애통스럽게 호곡을 했다.

천강 홍의장군 곽재우! 그는 임진왜란 때에 조선 최초

로 의병을 일으켜 왜군을 무찌른 용맹한 장수이자, 필체가 웅건하고 활달했으며 시문에 능한 문인이기도 했다. 그의 묘지는 경상북도 달성군 구지면 신당동에 있다. 그가 죽은 후 그의 사우(祠宇)에 예연서원(禮淵書院)이란 사액(賜額)이 내려졌고, 1709년 숙종 35년에 병조판서 겸 지의금부사가 추증되었다. 저서에는 망우당집(忘憂堂集)이 있고 시호는 충익(忠翼)이다.*

세엣.
삼장수 수련원

공립고등학교에서 국어교사로 근무하다가 정년 퇴임한 한민국 선생에게 야간공고에서 가르칠 때 문제학생으로 오인했던 이민호 제자가 이제는 사업에 성공하여 조선시대의 삼장수인 이징석 이징옥 이징규가 태어난 영축산에 〈삼장수 수련원〉을 짓고 초대 원장으로 초빙한다. 이에 한민국 선생은 이민호 제자와의 추억을 떠올리며 이를 수락하고 〈삼장수 수련원〉의 원장이 되어 부임하게 되는데 수련학생들과 펼쳐지는 상상초월한 사연이 흥미롭다.

창작 메모 – 이 소설의 주인공인 한민국 선생처럼 30년간 공립고교에서 국어교사로 근무한 나의 교육관이 담겨진 소설이다. 하지만 소설은 재미있고 의미(주제)가 있으며 감동적이어야 한다고 믿는 작가로서 즐거운 마음으로 썼다고나 할까?

삼장수 수련원

 안개이불을 덮고 잠자던 영축산에 밤새 워 달려온 붉은 아침해가 얼굴을 내밀자 서서히 자태를 드러냈다. 그리고 엊그제 내린 소낙비로 물살이 더욱 거세어진 골짜기의 시냇물소리가 마치 산짐승의 포효처럼 으르렁거렸다. 오늘도 〈삼장수 수련원〉의 기상시간은 이런 신비로운 분위기 속에서 시작되었다.
 "딩동댕동 딩동댕! 댕동딩동 댕동딩!"
 그때 수련생들의 침실에 파이프올갠 같은 차임벨소리가 메아리처럼 울려퍼졌다.
 "수련생 여러분! 안녕히 주무셨습니까? 지금부터 모두

기상하여 침구를 정리하고 대강당으로 집합해주시기 바랍니다."

스피커에서 방송이 시작되자 수련생들은 요즘 텔레비전에 방영되는 군대체험 프로그램인 〈진짜 사나이〉의 출연자들처럼 화들짝 일어나 옷을 주워 입고 침구를 정리하느라 소란을 떨어댔다.

"야! 모(뭐)해! 늦으면 단체 벌점이야!"

이제 수련생들은 저마다 경쟁적으로 서둘러 겨우 5분 만에 대강당에 집합하는 것이었다. 그에 따라 담당조교들이 각 팀의 수련생들 앞에 서서 지도했고, 조회의 훈화를 하기 위해 한민국 원장이 천천히 단상에 올랐다. 그러자 한창 늦잠꾸러기 청소년들인 탓이겠지만 수련생들의 얼굴엔 아직도 잠에서 덜 깬 비몽사몽의 상태를 나타냈다.

"수련생 여러분! 여기는 오랑캐 여진족이 출몰하여 언제 목을 베어갈지 모르는 위험지역입니다. 그러니 정신을 똑바로 차리고 주목하세요!"

그러자 한민국 원장이 쩌렁쩌렁한 목소리로 그들을 향하여 일갈했다. 그 바람에 수련생들은 어이없고 의아하여 한민국 원장에게 시선을 모았던 것이다.

"왜냐하면 〈삼장수 수련원〉은 바로 조선시대에 육진을

개척한 천하제일의 무장으로 오랑캐 여진족이 가장 무서워 한 이징옥 장군의 고향인 영축산에 세워졌기 때문에, 이징옥 장군의 칼에 죽은 여진족의 원혼이 이곳까지 쫓아와서 출몰한다는 전설이 전해오기 때문입니다!"

"네에? 원장님은 스타킹(SBS 예능프로)에서 썰킹이세요!"

그러자 수련생 중에 한 녀석이 꽤나 큰소리로 이렇게 외쳐서 폭소가 터져나왔는데, 이에 한민국 원장은 다시 이런 사족을 덧붙였던 것이다.

"...그뿐 아니라 또한 이징옥 장군은 형인 이징석 장군과 함께 열 네 살 때엔 바로 영축산에서 맨손으로 멧돼지를 잡은 곳인만큼 여러분은 멧돼지의 습격을 받을지도 모릅니다! 따라서 함부로 수련원을 이탈하여 산에 오르는 일이 없길 바랍니다."

이윽고 한민국 원장의 이런 엄포가 끝나자 다시 한 녀석이 엉뚱한 질문을 해왔던 것이다.

"원장님! 저희들도 영축산에서 멧돼지를 사냥하여 바비큐 파티를 열면 어떻습니까?"

"와아! 하하하! 멧돼지 사냥해! 파티해!"

그러자 이번엔 모든 수련생들이 이렇게 합창으로 외쳐

서 더욱 소란스러워졌으니, 암튼 요즘 청소년들은 못말리는 아이들이라고나 할까?

"어흠! 그럼 이상으로 훈화 끝!"

그 바람에 한민국 원장은 조회의 훈화를 여기서 마치고 말았는데, 또다른 녀석이 더욱 엉뚱한 질문을 해왔던 것이다.

"잠깐만요! 원장님! 〈삼장수 수련원〉은 이곳 삼수리에서 이징석, 이징옥, 이징규, 삼형제 무장이 태어나 삼장수의 고장이란 뜻으로 지은 이름인 줄 아는데요...?"

"으음! 그래서...?"

"인터넷을 검색해 보니까, 이징옥 장군이 여진족을 물리치고 멧돼지와 호랑이를 잡았다는 건 믿는다 해도, 13살 때 서당에 다녀오다가 50여명의 도적떼를 사로잡았다는 건 도저히 믿을 수가 없다구요! 이 점에 대해 원장님께서 구체적으로 설명해 주실 수 있습니까?"

"뭐야? ...그건 옛 문헌에 그리 나와 있으니까 믿어야지!"

순간 한민국 원장은 너무나 뜻밖의 질문이어서 이렇게 얼버무리며 마무리를 지을 수밖에 없었던 것이다.

"최 학감! 아침 구보훈련이 늦었어요! 그만 수련생들을 인솔해 출발하세요!"

그리하여 일단 수련생들을 대강당에서 내보냈으나 한민국 원장은 〈삼장수 수련원〉의 개원과 함께 원장으로 부임한 이래 처음 당하는 일이어서 여간 당황할 수밖에 없었다. 그래서 원장실로 돌아와 모닝커피를 마실 때까지도 영 찜찜한 기분에서 벗어날 수가 없었던 것이다.

'정말 수련생 말처럼 이징옥 장군은 어떻게 13살 때 50여명이나 되는 도적떼를 사로잡을 수 있었을까? 옛 문헌에 나온 대로 그냥 믿어버리라는 건 교육자로서 올바른 가르침이 아니잖은가? 더구나 이젠 수련생들이 모두 그 일에 의문을 갖게 되었으니…!'

이리하여 한민국 원장은 아침식사도 입맛이 가셔 먹는둥 마는둥 마치고 이 문제의 해결에 골몰하게 되었다. 그러다가 문득 어렸을 때 할머니가 들려준 옛날 얘기가 생각났던 것이다.

한민국 원장이 초등학교에 입학하기 전에 할머니는 극성스런 모기떼의 습격을 피하기 위해 바깥마당에 모깃불을 피워놓았다. 그리고 한민국을 밀대방석에 눕힌 후 삼베 홋이불을 덮어주며 옛날 얘기를 들려주시곤 했던 것이다.

"옛날옛적 갯날갯적 귀뚜라미 소싯적에 댕댕이덩굴로

그네를 매어 영차영차 뛰던 시절이었단다...!"

"그래서유?"

시작이 너무 싱거워 이렇게 채근을 하자 할머니의 옛날 얘기는 금방 본론으로 치달았다.

"요즘 같은 여름날 한밤중에 500명이나 되는 도적떼의 대장이 황소를 키우는 집에 들어가 훔칠려고 했더란다. 헌디 그 황소는 3년 전에 그집에 찾아 든 임자없는 황소였단다!"

"그런디유?"

"그리허여 도둑이 외양간에서 황소를 끌어내려니까 황소가 뭐란 줄 아나?"

"예에? 황소가 말을 했어유?"

"그럼! 그때 황소가 말허기를 '난 소가 아니라 사람이오! 3년 전 스님일 때 탁발을 가다가 산모롱이에 있는 스슥(조)밭의 이삭이 하도 탐스러워 손바닥에 올려놓고 구경하다가 그만 스슥 알갱이 세 개가 떨어졌더란다. 그래서 스님은 무심코 입안에 털어넣고 생각하니, 그 스슥을 가꾸느라 땀 흘린 농부에게 큰 죄를 진 걸 깨달은 거였어! 그래서 스님은 황소로 환생하여 스슥밭의 주인집에 찾아가 3년간 속죄로 농사일을 했는데, 바로 그날이 다시 인간으로 환생하는 날이었던 거지! 그리고 다음 순간 도적떼의 대장 앞에 사람으로 환생하니, 이에 개과천선한 도적떼의 대장이 본거지에 돌아와 무리를 이끌고 선량한 사람이 되어 살았더란다. 그리고 드디어 부처님의 불력으로 500명의 그 도적떼들은 무엇이 되고 하면 '500나한' 부처가 되었다는구나!"

"예에? '500나한'이 뭐디유?"

"응! '500나한'은 절에 가면 주먹만한 애기부처가 줄지어 안치돼 있는 것을 보았지? 바로 그 애기부처들이란다."

바로 이런 할머니의 옛날 얘기가 떠오르자 한민국 원장은 다음날 조회시간에 수련생들에게 이를 소개하고 나서 다음과 같이 결론을 내렸던 것이다.

"…그러니까 아마도 이징옥 장군 역시 나처럼 어렸을 때 할머니한테 바로 '500나한'의 옛날 얘기를 들었을 겁니다. 그리고 50여명의 도적들에게 이 얘기를 해주자, 도적들이 크게 뉘우치고 반성하여 이징옥 소년을 따라 마을에 와서 용서를 빈 거겠지요? 내 얘기가 맞습니까?"

"넷! 맞습니다! 하하하!"

그리하여 한민국 원장은 수련생들에게 아주 난처한 입

장에서 무사히 벗어날 수 있었던 것이다. 하지만 다음 순간 한민국 원장은 또다른 사람에게 미안함을 금할 수 없었다. 그는 바로 〈삼장수 수련원〉의 이사장으로 제자인 이민호 사장이었던 것이다. 그러니까 작년 이맘 때쯤의 일이었다. 40년 가까운 교단생활에서 정년퇴임을 하고 인생이모작을 하겠다고 궁리하며 지내던 터였는데, 30여년전 야간공고에서 담임을 맡아 가르쳤던 이민호 제자로부터 뜻밖의 전화가 걸려온 것이었다.

"안녕하십니까? 한민국 선생님이시죠?"

"예에! 그렇습니다만... 무슨 일입니까?"

그때 한민국 원장이 무뚝뚝하게 대답한 것은 교직에서 물러나자 생면부지의 사람들에게서 연락을 해오는 것이었다. 일테면 무슨 다단계회사라든지 학연이나 지연 같은 인맥을 앞세워서 수상쩍은 접근을 시도했던 것이다.

"아! 선생님! S공고의 이민호 제자입니다! 저 기억하시죠?"

"뭐야? 기억하다마다...! 이거 너무 오랜만이구만!"

이때 한민국 원장이 깜짝 반기며 소리치게 된 것은 녀석의 담임을 맡았을 때 아주 10년은 감수한 사건이 있었던 것이다. 공립고교의 국어교사로 교단에 서게 된 한민국 선생은 대개 그렇듯이 남다른 교육방식으로 튀는 선생님 중의 하나였다.

"앉은 채 열중 차렷! 우로 봐! 바로! 좌로 봐! 바로! 위로 봐! 바로!"

출석부와 교재를 들고 교실에 입실을 하자마자 기강을 잡기 위해 엄하게 외치는 한민국 선생의 구령에 학생들은 키득 웃음을 터뜨렸다.

"뭐? 웃었어? 이리 나왓! 어디서 함부로 웃어! 엉? 딸봉 맛좀 볼래?"

30여년전에는 교실에서의 체벌이 합법적인 교육방법으로 인정받았다고나 할까? 멋모르고 웃었던 녀석은 불려나와 한민국 선생의 딸봉이란 몽둥이로 엉덩이를 호되게 맞게 되었는데 그런 불상사가 일어날 줄이야…! 바로 그 주인공이 이민호였고 녀석이 엉덩이를 피하는 바람에 잘못 타격되어 그만 허벅지 대신에 꼬리뼈를 때리고 말았던 것이다. 그 순간 이민호는 "아악!" 하는 동물적 비명과 함께 기절을 해버렸다. 이때 한민국 선생은 젊은 혈기에 꾀병을 부리는 줄 알고 더욱 화가 나서 소리쳤다.

"엉? 이 짜식이 어디서 엉겨? 빨리 일어나지 못해!"

하지만 두 눈을 허옇게 뒤집어뜨고 숨마저 멈추는 녀석

앞에 다음 순간 한민국 선생은 너무나 놀라고 당황한 나머지 이민호를 들쳐업고 학교 앞의 병원으로 슬리퍼가 벗겨져 양말발로 내달렸던 것이다.

"야! 얌마! 죽으면 안돼! 제발 정신 차렷! 어서 눈을 떠 보라구!"

병원에 도착할 때까지 한민석 선생은 이렇게 울부짖다시피 외쳤는데 그만큼 녀석은 진짜로 깨어나지 못했던 것이다. 그리고 의사의 응급처치와 주사를 맞고 나서야 겨우 정신이 들었는데, 그동안 한민국 선생이 간떨음을 생각하면 지금도 아찔해지는 것이다.

"야아! 이민호! 넌 내 생명의 은인인데 어찌 잊겠냐? 하하!"

"에이! 선생님두! 아직도 그때 일을 기억하세요?"

그러자 이민호가 쑥스러운지 웃으며 대꾸를 해왔다.

"기억하다 뿐이니? 너 그때 죽었으면 나도 따라 가려구 했거든! 암튼 그때 살아줘서 무척 고마왔단다! 근데 무슨 바람이 불어서 이렇게 전화를...?"

"네에! 선생님도 저의 은인이시니까요!"

"뭐야? 아직도 나에게 유감이 남은 거니? 하하!"

"아유! 선생님한테 그리 혼난 덕택에 제 목숨의 소중함을 깨달았고요! 또 〈자살은 살자!〉라는 선생님의 가르침에 따라 오늘날 제가 이만큼 자수성가를 했다구요! 그래서 이제야 은혜를 갚고 싶어 선생님을 찾아뵈려구요!"

여기서 〈자살은 살자!〉라는 한민국 선생의 가르침이란 그가 대학시절에 가정교사로 고학을 할 때 가르쳤던 학생의 성적부진으로 쫓겨나서 요즘으로 치면 노숙자가 되었을 때였다. 늦가을에 대학캠퍼스의 잔디밭에서 한뎃잠을 자게 되었는데, 너무나 추워 밤새 잠을 못 이루고 뒤척일 때 차라리 죽어버리고 싶어 〈자살! 자살자..살자! 살자!〉가 되는 바람에 깨달은 것으로 이런 사연을 학생들에게 고백했던 것이다.

"선생님! 오늘 저녁 일곱 시에 시간 좀 되시나요? 저의 모교인 S공고 앞의 중국집이 아직도 성업중이래요. 그날 저녁 때 선생님이 저를 병원에서 퇴원시키시며 사주신 짜장면 맛이 그리워서요! 하하!"

"하하! 좋지! 제자가 그때 일을 오히려 은혜로 갚는다니 말일세!"

이리하여 한민국 선생은 정년퇴임 후 처음으로 제자 이민호 사장과 만나게 되었는데, 바로 여기서 〈삼장수 수련원〉의 원장자리를 간곡히 제의받았던 것이다.

"선생님! 이번에 정년퇴임하셨단 소식을 들었습니다. 우선 40년 가까운 교직생활을 저희와 같은 제자들을 위해 애써주신 노고에 대해 감사드립니다."

"으응! 무슨 소린가? 오히려 내가 감사해야지! 이렇게 잊지 않고 나를 찾아주는 제자가 있으니 말일세."

"실은 제가 선생님께 부탁드릴 게 있어서 모셨습니다."

이윽고 이민호 제자는 무릎꿇는 자세로 고쳐 앉으며 한민국 선생에게 청해왔던 것이다.

"저는 선생님의 가르침 덕분에 사회에 나와서 사업으로 꽤 성공을 거두었답니다. 그런데 저도 이제 50줄에 들어서니까 제가 태어나 고생만 했지만 자꾸 고향이 생각나는 거예요."

"음! 그런 마음을 '수구초심(首丘初心)'이라 한다네. 즉 여우도 죽을 때엔 제가 태어난 곳으로 머리를 둔다는 뜻이지!"

"네! 그래서 저의 조상님이신 이징석, 이징옥, 이징규 등 삼장수를 기리는 뜻으로 제 고향에 〈삼장수 수련원〉을 만들었는데, 선생님께서 원장님을 맡아주셨으면 해서 이렇게 모시게 되었습니다."

"뭐라구...? 그런 막중한 자리에 내가 적임자가 될 수 있을까?"

"선생님! 무슨 말씀이세요? 그곳은 청소년의 심신을 훈련하고 교육하는 수련원인데 국어를 가르치신 선생님께서 맡아주셔야죠!"

"허허! 말만으로도 고맙네만…!"

이때 한민국 선생은 그러잖아도 새로 어떤 인생이모작을 시작할까 궁리하던 터였지만, 막상 이런 좋은 기회가 나타나자 오히려 걱정이 되었던 것이다. 그래서 계속 사양했는데 하지만 이민호 제자의 청도 쉽게 물러서지 않았다.

"선생님께선 교단작가로서 교장 교감은 글 쓰는데 방해된다고 마다셨잖아요? 하지만 이제 저희 수련원에 오셔서는 교단에서 펴지 못한 청소년교육을 마음껏 펼쳐보심도 뜻있는 삶이 아니실까요?"

이토록 간곡하게 이민호 제자가 부탁하고 보니 한민국 선생은 끝내 사양할 수만도 없어 이렇게 대답을 하고 말았던 것이다.

"허허! 정히 그렇다면 제자의 청에 따름네! 사실은 나도 내 나름의 교육관으로 청소년을 가르쳐보고 싶은 꿈을 꾼 적이 있거든!"

"네에! 저도 선생님께서 그런 마음이 있으신 줄 알았다구요! 저희가 야간공고에서 배울 때 얼마나 문제생들이 많았습니까? 하지만 선생님께선 누구보다도 저희를 이해하시고 열정적으로 딸봉이란 몽둥이를 휘두르며 가르쳐 주시지 않았습니까? 그래서 저도 그때 혼쭐이 났었지만요! 하하!"

"에끼! 이 사람아! 그 얘긴 그만 하게! 그때 혼쭐은 내가 더 났었으니까…!"

암튼 사제가 이런 만남으로 한민국 선생은 이곳 〈삼장수 수련원〉의 원장이 되었던 것이다.

"자! 오늘 첫 시간은 〈나라를 지킨 삼장군〉 시간으로 한민국 원장님의 특강이 있으시겠습니다."

학감의 소개에 따라 〈삼장수 역사교실〉의 단상에 선 한민국 원장은 수련생들을 휘이 둘러보고 나서 입을 열었다.

"수련생 여러분! 국사시간에 이징옥 장군의 이야기는 다들 배웠겠지요? 한데 교과서에서는 계유정란으로 단종을 몰아낸 세조에게 반기를 들어 〈이징옥의 난〉을 일으켰다는 사실만 크게 부각시킴으로써 반역을 꾀한 장군으로 기억하는 학생들이 많을 것입니다. 하지만 이징옥 장군과 함께 형인 이징석 장군, 동생인 이징규 장군 등 삼장수의 일화를 찾아보면 아주 재미있고 감동적인 한 편의 사극드라마를 보는 느낌이 들 것입니다."

하면서 한민국 원장은 이징옥 장군의 삼형제를 소개했던 것이다. 삼장수 중에 장남인 이징석은 세종 때 무관으로 본관은 양산이고 이전생의 장남이었다. 무과에 1등으로 급제하고 경상도병마절도사, 경상좌도호치사, 경상우도안무처치사 등을 역임하고, 지중추원사에 이르렀다가 늙으신 어버이를 봉양하기 위해 사퇴하였는데, 문종 때 다시 중추원 부사에 이르고, 세조 때 좌익공신으로 책록되고 양산군에 책봉되었다.

"3형제 중에 둘째인 이징옥은 역시 세종 때 무관으로 얼마나 위용이 대단했던지 호랑이도 그가 눈을 부릅뜨고 노려보면 눈을 감고 꼼짝 못할 정도여서 한 발의 화살로 죽일만큼 용맹스러웠다고 합니다. 훗날 육진의 개척에 공이 컸으며 김종서의 뒤를 이어 함길도절제사가 되었는데 세조의 정변으로 판관 정종에게 암살되는 비운을 당했습니다."

삼형제 중에 막내인 이징규도 세종 때 무과에 급제한

후 관직에 있으면서 청백리로 유명하였으며, 3형제 가운데 가장 많은 전설과 수수께끼를 남겼는데, 두 형을 대신하여 향리를 드나들면서 특히 효성이 지극했다. 그러나 중형인 이징옥이 난을 일으킨 탓으로 많은 수난과 비운의 공신이 되기도 했던 것이다. 그럼에도 세조의 총애를 받아 원종공신 일등으로 책록되었으니 그만큼 삼장수의 공적이 컸다고 하겠다.

"...에, 그런데 이징석, 이징옥, 이징규 삼형제가 조선 최고의 무예를 갖춘 장수가 된 데에는 어머니 때문이었다고 합니다. 마치 한석봉이 떡장수를 한 어머니에 의해 명필이 되었듯이 말입니다."

이윽고 한민국 원장은 삼장수의 약력에 대해 간추린 소개를 하고 나서 다시 말을 이었다.

"조선시대 이조판서였던 인천군 이만영의 자(子)인 이 전생의 3형제 아들들 이징석, 이징옥, 이징규는 오늘의 경남 양산시 하북면 삼수리에서 태어났는데, 어려서부터 아주 용감하고 무예가 뛰어났습니다. 이에 어머니는 3형제의 용맹과 담력을 시험하려고 이런 과제를 내었다고 합니다. '얘들아! 너희가 서당에 갔다가 돌아오는 중에 50여명이나 되는 도적떼를 사로잡았으니, 이 에미는 요즘 산속의 화전밭을 결단내는 멧돼지를 사로잡는 걸 보고 싶구나! 너희가 해낼 수 있겠느냐?'"

그러자 18살인 이징석과 14살인 이징옥이 앞으로 나서며 어머니에게 아뢰었다.

"예에! 저희 형제가 당장 화전밭으로 가서 멧돼지를 사로잡아 오겠습니다."

그리고 형제는 맨손으로 멧돼지 사냥을 위해 화전밭이 있는 산속으로 달려갔던 것이다. 그러자 먼저 이징석의 눈에 멧돼지가 나타났다. 이징옥은 장돌을 들어 멧돼지를 사정없이 내려쳤고, 정수리를 정통으로 맞은 멧돼지는 엄청난 포효와 함께 쓰러졌다. 그래서 죽은 멧돼지를 어깨에 메고 집에 돌아와 어머니에게 바쳤다.

"그래! 멧돼지는 포악하여 사람을 해치느니라! 그런데 용케 잡아왔구나!"

이렇게 칭찬을 하면서 동네에 멧돼지 잔치를 벌였는데, 이징옥은 산으로 멧돼지를 잡으러 간 후 사흘 동안이나 집에 돌아오지를 않았다.

"아이구! 이 에미가 잘못했구나! 산에 가서 무슨 변을 당했기에 이리 집에 돌아오질 않는 게냐?"

하고 걱정하는 한숨에 태산도 꺼질 지경이었다. 그러자

이징석이 어머니에게 위로의 말씀을 드렸다.

"어머니! 너무 걱정마십시오! 징옥이는 나보다 더 용감하니 아마도 멧돼지를 산 채로 잡아오려고 시간이 걸리는 듯합니다."

아니나 다를까! 사흘만에 이징옥은 어머니와 약속한대로 큰 송아지만한 멧돼지를 사로잡아 칡넝쿨로 네 다리를 꽁꽁 묶어서 어깨에 메고 와서 마당에 내려놓는 것이었다. 그리고 어머니에게 허리를 굽혀 아뢰었다.

"어머니! 소자, 약속드린 대로 멧돼지를 사로잡아 왔습니다."

둘째 아들의 용맹에 더욱 크게 놀란 어머니는 이렇게 말했다.

"오냐! 징옥이 너는 장래에 이 나라의 대장군이 될 감이로다. 더욱 몸을 튼튼히 수련하도록 해라!"

"예! 저는 장차 대장군보다 더 높은 대황제가 되겠습니다!"

조선왕조인 그 시대로서는 상상조차 할 수 없는 엄청난 이징옥의 대답에 어머니는 못들은 체 고개를 돌렸다. 하지만 훗날 세조의 반정에 이징옥의 난을 일으켰으니 바로 그때의 말이 씨가 되었다고나 할까?

또한 야사에 따르면 이런 일화도 있었다. 이징옥은 16살 때 호사(虎死)나 호환(虎患)으로 민심이 흉흉하다는 소문을 들었다. 이에 이징옥은 김해 부사인 정종을 찾아가 간청을 드렸다.

"부사 나으리! 지금 시골 마을 도처에서는 호랑이가 출몰하여 호사와 호환으로 민폐가 극심한 실정이옵니다. 부디 관군을 풀어 이를 막아주옵소서!"

하지만 동헌에 높이 앉은 김해 부사 정종은 이징옥을 시골의 어린 촌놈이라 여겨 문전박대로 내쫓았다. 이에 화가 치민 이징옥은 단숨에 심산으로 달려가 대호(大虎)를 잡아 다시 관가로 찾아가니 이에 정종은 놀란 나머지 제발 목숨만 살려달라며 애원하였다. 그러자 이징옥은 큰 소리로 외쳤다.

"백성은 오직 관가를 믿고 사는데 부사가 백성들의 호사 호환을 외면했으니 마땅히 부사는 호랑이의 밥이 되어야 할 것이오!"

이윽고 여기까지 특강을 마친 한민국 원장이 수련생들을 둘러보며 질문을 했다.

"자! 여러분! 지금은 우리나라에 호랑이가 멸종되었습니다만, 조선시대에는 한성의 인왕산에도 호랑이가 출몰

할만큼 팔도에 호사와 호환이 많았다고 합니다. 하지만 내 생각으론 이징옥이 말한 진짜 호사와 호환은 백성들이 호랑이에 의해 그런 피해를 당한 걸 말한 게 아니라고 생각합니다. 그렇다면 무엇일까요? 아는 학생은 손들어 보세요?"

하지만 한민국 원장의 이런 돌발질문에 아무도 손을 드는 수련생들이 없었다. 그러자 한민국 원장은 이런 해답을 내놓았던 것이다.

"에, 여기 호사와 호환이란 당시 호랑이보다도 더 무섭던 탐관오리가 백성의 고혈을 짜낸 걸 말한 게 아닐까요? 일테면 춘향전의 변학도 같은 탐관오리 말입니다."

"아! 네에!"

그제야 수련생들은 고개를 끄덕이며 동감을 표시했으니, 한민국 원장의 역사를 해석하는 방법은 꿈보다 해몽이 더 좋았다고나 할까?

〈삼장수 수련원〉은 전국의 청소년 학생들을 대상으로 〈2박3일〉의 일정에 따라 훈련과 교육을 실시했는데, 둘째날 오후에는 〈양산의 문화유적 둘러보기〉로 〈삼수리와 삼장수〉에 대해 양산시의 문화관광해설사가 담당을 했다.

"안녕하세요? 지금부터 조선초의 세 장수가 말을 달리던 삼수리와 삼장수의 역사가 숨쉬는 현장을 탐방하는 시간이 되겠습니다. 저는 강옥분 해설사입니다."

강옥분 문화관광해설사가 수련생들 앞에서 핸드마이크를 들고 먼저 하북면 삼수리 마을의 안내를 시작했다.

"학생 여러분이 찾은 이곳 삼수리는 원래 추산리에 속했으나 조선조에 이전생이란 분이 징석, 징옥, 징규의 세 장수를 낳았다고 해서 삼수리라 칭함과 동시에 분리되었구요, 이전생이 여기에 터를 잡아 살게 된 것은 그가 조선 태조를 도와 개국한 후 공조판서를 제수받아 전국을 순회하던 중에 양산의 하북면 삼수리에 이르렀을 때, 산세가 웅장하고 지세가 수려함에 길지임을 알고 관직을 떠나게 되면 낙향하여 살 것을 마음먹었다고 합니다. 그리하여 그가 중추원영사로 퇴직하면서 이곳에 낙향하여 살게 되었는데요, 나라에서는 그의 공적을 인정해 양산부원군으로 봉작을 했고, 여기서 3남2녀를 얻었는데 아들 3형제가 모두 무과에 장원급제하여 종일품까지 오른 명장수가 되었습니다. 바로 이징석 장군, 이징옥 장군, 이징규 장군인데요, 이로써 마을 이름이 세 장수가 태어난 마을이라고 해서 삼수리가 된 것입니다."

 강옥분 해설사의 안내에 따라 수련생들은 삼수리 마을 입구에 세워진 삼장수의 비석으로 이동하였다. 수련생들은 비석 앞에서 잠시 묵념을 올리고 나서 강옥분 해설사의 이야기에 귀를 기울였다.

 "삼장수의 이야기는 여러 가지가 전해집니다만 그 중에 삼장수의 태몽에 관한 걸 소개합니다. 어머니가 아기를 가질 때 꾸는 꿈을 태몽이라고 하는데요, 삼장수의 어머니는 첫째 때는 영취산(지금의 영축산)이 뚜벅뚜벅 걸어와 속곳 가랑이로 들어오는 태몽을 꾸었고요, 둘째 때는 원적산이 가랑이로 들어오고, 셋째 때는 금정산이 가랑이로 들어왔다고 합니다. 그래서 큰아들인 징석의 아호는 영취산의 취를 써서 취봉, 둘째 징옥의 아호는 원봉, 셋째 징규는 아호를 금봉이라고 했는데, 이는 다 태몽에서 따온 것이라고 합니다. 그러니까 여러분도 아호를 짓고 싶으면 어머니께 태몽을 물어서 지으면 좋을 것 같습니다."

 "해설사님! 저의 어머니가 일러 준 태몽은 남산에 올라가 케이블카를 탔는데 잠자리가 날아들었대요! 그럼 저의 아호는 〈잠봉〉이 되잖아요?"

이때 짓궂은 녀석이 강옥분 해설사에게 물었다.

"네! 남산에 잠자리니까 〈잠봉〉이라…? 그것 말이 되네요."

"하지만 제가 〈잠봉〉이라고 아호를 지으면 애들이 〈짬뽕〉이라고 놀릴 것 같아요! 그러니 해설사님이 다른 호를 지어주실래요?"

암튼 이런 엉뚱한 질문에 수련생들은 폭소를 터뜨렸고, 그래서 더욱 즐거운 분위기 속에 〈양산의 문화유적 둘러보기〉는 계속되었던 것이다.

다음에는 이징석 장군의 무덤에 서 있는 묘비를 보게 되었는데, 거기엔 국왕이 내리신 사제문이 다음과 같이 새겨져 있었다.

〈생각하건대 경은 큰 산봉우리에서 뽑아낸 정기를 모은 시대적 영웅호걸이라 성품은 단정결백하고 기개는 활달하였으며 무과에 장원급제하고 특진중시에도 급제하여 금군이 추앙하고 복종하였으며 무예는 육도삼략에 달하였고 재능은 버들잎을 뚫는데 이르렀도다. 일찍이 선왕 세종대왕을 섬겨 호랑이의 발톱과 어금니처럼 힘을 길러 남쪽으로는 왜구를 치고 북쪽으로는 오랑캐를 치며 바람과 같이 나르고 달려서 뛰어난 공적을 훌륭히 세웠기에 만백성들은 그대를 만리장성처럼 힘입었고 나라에서는 그대를 기둥과 주춧돌처럼 의지했도다. 선왕 세종대왕께서는 그대를 특별히 사랑하여 환대하였으며 더욱 의를 돈독히 하였도다. 내가 왕업을 잇기에 이르러서는 나를 돕고 나를 호위하였도다. 내 그대의 공적을 아름답게 여겨 종에 새기고 공신각에 그리게 하여 황하와 같은 큰 강이 말라 띠처럼 되고 태산이 닳아서 숫돌이 되도록 기쁨과 슬픔을 길이길이 그대와 함께 하려고 하였더니 하늘도 어찌하여 한 늙은이를 돌봐 남기지 않고 갑자기 불행하게 하였는고. 부음을 접한 이래로 진실로 애석하기에 여기 예관을 보내어 변변치 못한 재물을 베풀도록 시켰으니 영혼이 어둡지 않으면 이 한 잔을 흠향하기 바라오.

〈세조 7년 4월 24일 국왕 세조 씀〉

이처럼 국왕이 신하의 죽음을 슬퍼하여 하사한 제문은 아마도 우리 역사상 처음이 아닌가 하는 것이 역사 학자들의 공통된 견해라고 한다.

명곡리의 양지마을에 있는 첫째 이징석 장군의 묘를 둘

러본 다음에는 셋째 이징규의 이야기가 얽혀 있는 도마교를 찾았는데 이는 이징규가 화살보다 빨랐던 말을 모르고 목을 벤 곳이라고 한다.

"셋째 이징규는 활의 명수였다고 합니다. 그래서 말을 타고 활을 쏘면 말이 화살을 쫓아 달렸고, 말이 멈추는 곳에 화살이 박혀 있곤 했는데, 하루는 나라에서 하사받은 천리마를 시험하기 위해 집앞에서 화살을 쐈다고 합니다. 그리고 달리던 천리마가 멈춘 곳에 박혀 있어야 할 화살이 보이지 않자 성질이 급한 이징규는 그만 칼을 뽑아 말의 목을 쳤던 것이죠! 그런데 바로 그때서야 화살이 날아와 그 자리에 박혔다고 해요! 그러니까 말이 화살보다 더 빨리 달려온 것이죠. 그후부터 이징규는 자신의 급하고 경솔한 성격을 후회하고 고쳤다는 이야기가 전해지는데, 바로 말이 칼을 맞고 쓰러진 자리에 도마교(到馬橋)라는 다리가 있는데 바로 그곳이 말의 목을 벤 곳이라고 합니다."

이윽고 강옥분 해설사가 삼장수 유적을 안내하며 설명을 하자 또다시 짓궂은 녀석이 손을 번쩍 들면서 소리쳤던 것이다.

"해설사님! 제안이 있습니다."

"네? 무슨 제안인가요?"

"도마교의 전설을 들으니까요, 이 다리 위에 이징옥 장군이 천리마를 타고 달리는 모습의 동상을 세우면 더욱 실감나는 관광명소가 되지 않을까 싶어서요!"

"오! 정말 좋은 아이디어예요. 제가 양산시의 문화체육과에 전달할게요!"

이리하여 〈삼장수 수련원〉에 입소한 수련생들의 현장탐방은 더욱 뜨거운 박수 속에 마치게 되었던 것이다.

영축산의 숲속에 숨어있는 〈삼장수 수련원〉의 마지막 교육시간은 저녁에 진행되었는데 〈이징옥 장군의 일대기〉를 영상물로 감상하고 나서 수련생들이 팀을 짜서 토론회를 갖는 것이었다. 먼저 시청각실의 조명이 꺼지자 스크린이 내려오고 30분짜리 영상물이 상영되었다.

이징옥은 육진개척에 떨친 공과 청렴결백의 숭고한 정신을 통하여 문종왕의 특령으로 승정대부란 무신 제일의 종일품 품계를 하사받았다. 또한 이징옥 장군은 여진족을 고구려가 망한 후에 영토와 지도자를 잃고 명나라에 핍박받고 살아가는 우리의 동족으로 여기고 그들과 친선수렵대회를 자주 개최하며 호랑이를 잡아 자신의 용맹함을 보임으로써 무릎을 꿇게 하였다. 이에 여진족은 만주땅과 요동까지 이름을 떨친 이징옥 장군이 나타나면 10리 밖에서 말을 내리고 심지어 두려워 이사를 가기도 했다. 하지만 이징옥 장군은 무예뿐 아니라 덕망과 지혜로 여진족을 승복시킴으로써 그들은 이징옥 장군을 영웅으로 여기며 심지어 신의 존재로까지 추앙받았던 것이다.

그런데 이때 조정에서는 어린 단종을 폐위시키고 왕위에 오른 세조가 함경도 국경지역에서 육진을 개척하여 북벌영웅으로 활약하던 이징옥 장군에 대하여 정적인 김종서의 심복으로 여기고 파직한 후에 후임으로 박호문을 파견하였다.

"아니! 문종왕께선 나라에 변고가 없는 한 부르지 않겠다고 하셨거늘 갑자기 나를 한양 도성으로 호출함은 수양의 음모임에 틀림없음이야! 그렇다면 앉아서 당할 수만은 없지!"

이에 눈치를 챈 이징옥 장군은 박호문을 군재에 붙여 처형을 하고 불사이군의 충정으로 나라와 백성을 위해 수양대군에게 반기를 들었다. 이때 여진족은 오랜 동안 영토 수복을 위해 부족자치국을 지켜오다가 태양처럼 우러르던 이징옥 장군의 이런 소식을 듣고 건주여진 추장 누루하치의 조부 기오창까가 특사 김수산 일행과 합의하여 이징옥 장군을 대금제국의 영토를 만주 전역으로 선포하고 도읍을 오국성에 정하여 이징옥 장군을 황제로 추대하기에 이르렀던 것이다.

"나는 본시 조선의 장군으로 변방을 지키는 임무를 수행할 뿐 다른 욕심이 없노라! 수양의 계유정난으로 나라의 운명이 풍전등화인데 어찌 딴 뜻을 품을 것인가?"

하고 이징옥 장군은 처음엔 완강히 거절하였으나 그리하면 여진족과 세조가 앞뒤의 적이 되는 결과를 맞게 되므로 난세로 판단하여 황제의 옹위를 수락하였다.

"좋소이다! 수양이 김종서 장군과 수많은 충신들을 주살하고 반정으로 왕위에 올랐으니, 우리는 두만강 건너에 새로운 대금제국을 세워 훗날을 도모할 것이오!"

하고 외치니 이징옥 장군을 따르는 장엄한 행렬의 무리는 대금제국의 깃발을 들고 우렁찬 함성과 함께 오국성으로 입성하게 되었다. 하지만 세조의 밀지를 받은 종성 판관 정종은 밤을 타서 이징옥을 도모하고자 흉계를 꾸며 이렇게 고하였다.

"장군! 어두운 밤에 행군을 하면 군사들이 부대와 행오를 잃어버리게 되니 새벽을 기다려 함만 못하옵니다."

이에 이징옥 장군은 옳게 여겨 그의 말을 믿고 의자에 기대어 잠시 눈을 붙였다. 그때 이징옥 장군의 아들이 달려와 고하기를

"아버님! 소자의 꿈에 아버지의 머리에 피가 의자다리로 흘렀나이다. 어서 피하심이 가한 줄로 아옵니다."

그러자 이징옥 장군을 껄껄 웃으며 대꾸했다.

"하하! 전장터의 장군에게 피는 오히려 길함을 나타내는 징조이니라!"

하면서 그대로 의자에 기댄 채 깊은 잠에 빠졌다. 바로 그때 정종이 숨긴 자객 셋이 장검을 들고 뛰어나와 잠든 그의 오른 팔을 찌르니, 놀라 깨어난 이징옥 장군이 그 칼을 빼앗아 척살하였으나 한꺼번에 몰려든 군사들이 쏘아대는 화살에는 끝내 저항하지 못하고 장렬한 최후를 마치게 되었다. 그리하여 1453년 계유정란으로 세조에 의해 주살된 김종서 장군의 계열로 지목되어 억울하게 파직된 함길도절제사 이징옥 장군은 흔히 역사에서 〈이징옥의 난〉을 일으킨 인물로 기억되지만 실은 여진족의 침입을 막고자 육진을 개척하여 조선의 변방을 지킨 〈북벌영웅〉으로 칭송되어야 할 것이다. 또한 만약 그가 만주땅의 오국성에 수도를 정한 대금제국의 황제가 되었다면 우리나

라는 고구려의 뒤를 이은 발해와 더불어 대륙까지 뻗어나간 웅비의 나라가 되었을지도 모른다.

"자! 여러분! 영상물 잘 보셨습니까? 이제 각 조별로 토론회를 갖겠습니다."

이리하여 수련생들은 삼장수인 〈징석팀〉〈징옥팀〉〈징규팀〉으로 나뉘어졌다. 그리고 토론회의 좌장은 한민국 원장이 맡았다.

"에, 만물의 영장인 인간이 다른 동물과 차이점이 있다면 그것은 아마도 역사를 돌아보고 조상을 기릴 줄 아는 점일 것입니다. 〈삼장수 수련원〉은 청소년 여러분에게 바로 그런 교육과 훈련을 위해서 이곳에 개원을 했습니다. 그럼 지금부터 2박3일의 마지막 교육과정으로 〈이징옥 장군의 일대기〉 영상물을 통하여, 오늘의 청소년 학생으로서 어떤 마음의 자세와 미래의 비전을 가져야 할지에 대해 토론을 하겠습니다. 먼저 〈징석팀〉에서 누가 발표할까요?"

그러자 한 학생이 손을 들면서 입을 열었다.

"네! 제가 가장 놀란 일은 조선시대에 한 가문에서 3형제가 동시에 무과에 장원급제하여 당대 최고의 무장이 되었다는 사실입니다. 이는 나라를 지키겠다는 애국심에서 나왔겠죠? 요즘 연예인이나 스포츠맨 중에는 병역을 기피하려는 사람이 많은데...!"

"좋은 지적이예요. 당시엔 남쪽엔 왜구와 북쪽엔 오랑캐가 항상 침범을 했으니까...!"

"우리 〈징옥팀〉은 만약 이징옥 장군이 세조의 밀지를 받은 자객 정종의 야습으로 암살되지 않았다면, 만주땅 요동천지까지 대금제국을 세움으로써 오늘날 우리나라의 영토가 대륙으로 뻗는 역사로 바뀌지 않았을까 하는 아쉬움을 느낍니다."

"그렇습니다! 우리 〈징규팀〉은 이징옥 장군이 육진을 개척하여 북방의 국토방위 수호에 일생 동안 전념했음에도 불구하고 반란을 일으킨 사실만 부각된 역사는 바로잡아야 한다고 생각합니다. 〈이징옥의 난〉은 세조가 어린 조카인 단종을 폐위하고 왕권을 찬탈한데 대해 바로잡기 위한 것이었으며 대금제국은 여진족까지 우리 민족과 하나로 통합하려 한 것으로 새로운 평가를 받아야 하지 않을까요?"

이처럼 수련생들은 2박3일간 〈삼장수 수련원〉에 입소하여 교육훈련을 받은 후에 우리나라의 역사를 보는 눈이 새롭게 열렸던 것이다. 그러니까 한민국 원장이 야간공고에서 가르친 제자 이민호 사장이 세운 〈삼장수 수련원〉의 교육이념은 성공적으로 구현되었다고 할까?

"좋습니다! 수련생 여러분들이 그렇게 깨달았다면 원장으로서 보람과 기쁨을 느낍니다. 앞으로 학교에 돌아가서도 이징석, 이징옥, 이징규〈삼장수〉의 애국애족의 호국정신을 본받아 자신의 희망과 꿈을 꽃피워주시기를 바랍니다."

이런 한민국 원장의 마무리로 토론회는 끝이 났고 이어서 수련생들에겐 이징옥 장군이 여진족과 함께 먹었다는 〈여진떡〉이 간식으로 배식되었던 것이다. 그것은 쌀+보리+밀+수수+조+콩+팥+동부+녹두+참깨 등 10가지 곡식을 함께 빻아 빚은 무리떡이었다.

"자! 수련생 여러분! 이 떡은 어떤 빵이나 피자보다도 맛과 영양가가 있는 특별한 떡이니까 맛있게 드시기 바랍니다."

이윽고 조교들이 나누어주는 〈여진떡〉과 음료로 즐거운 뒷풀이를 하는 수련생들의 얼굴엔 저마다 웃음꽃이 피어났고, 〈삼장수 수련원〉을 품고 있는 영축산에서는 소쩍새 울음소리가 아득히 울려퍼졌다.*

네엣.
가시리

역성혁명으로 조선을 개국한 태조 이성계는 왕자의 난으로 심홧병을 얻어 왕위를 선양하고 고향인 함흥으로 돌아간다. 이때 그곳에는 태조가 젊은 시절에 함께 무예를 닦았던 죽마고우 달무가 기다리는데, 왕위에 오른 태조가 혁명정신을 잊고 부패에 빠지는 상황을 지켜보며 우정이 깨어졌으나 수구초심으로 돌아온 태조를 여동생 차섬과 함께 진심으로 맞이하는데…!

창작 메모 – 이 소설은 벌써 50여년전에 쓴 작품으로 박정희 대통령이 5.16으로 집권한 후에 벌이진 시대상황을 조선을 개국한 태조 이성계 시절과 때러디하여 썼다고나 할까?

가시리

"상왕(上王)께오서 금의환향 하옵신단다."

중구가 지나 벌써 첫서리가 내린 함흥(咸興) 땅에, 누구의 입에선지 새어나온 소문이 그날 해가 저물기도 전에 짜아 성내에 울려퍼졌다. 간밤에 떼지어 중천을 날아가던 기러기가 전해 온 소식일리도 없으련만, 과연 상왕이 어렸을 때 살았던 삭방도만호(朔方道萬戶)의 웅장하나, 이제는 퇴락한 관저를 수리하는 큰자귀 소리가 만추의 석양속에 메아리쳤다.

한성에서 징발되어 온 목수들은 썩은 기둥을 갈아내고,

빠져나간 마룻장을 메꾸었다. 성안사람들은 이 신통하게 들어맞는 소문을 놓고, 저마다 더욱 근사한 소문을 만들기에 여념이 없었다.

여기는 성문밖 용수골. 한성으로 직통하는 요로(要路)이나 대낮에도 여우 혹은 늑대가 울어대는 음산한 골짜기이다. 오늘도 패관(稗官) 달무(達武)는 성성하게 나부끼는 수염을 쓰다듬으며, 용바위에 걸터앉아 남쪽의 머나먼 고갯길을 바라본다. 울긋불긋하게 물든 단풍이 멀어질수록 한 폭의 그림처럼 운치가 있다. 소문대로 금의환향이라면, 상왕은 마차의 행렬일 것이니, 저런 가파른 고갯길로 넘어 올 리가 없겠는데, 그러나 달무는 언제까지나 그쪽만 응시했다.

벌써 해는 서산 마루에 걸렸고, 둥지를 찾아드는 새소리와 함께 숲속은 짙은 그늘로 잠겨들고 있다.

"휴우!"

달무는 가늘게 한숨을 내뿜으며 용바위에서 내려섰다. 그리고 바로 용바위 틈에 있는 직경이 한 자나 됨직한 두 개의 느릅나무 둥치를 멀거니 바라본다. 그런데 벌써 근 오십년 전의 일이 어젯일처럼 뚜렷이 떠오름은 웬일일

네엣 · 가시리

까? 물불을 가리지 못하던 젊은 혈기의 달무가 무술을 익히던 곳이 바로 이 용바위였다. 패관으로서 선비임을 자처하던 부친의 눈을 피해 글읽기가 지루하면, 달무는 슬며시 이리로 말을 채찍질했던 것이다. 지금도 부친의 뜻을 이어 패관으로 늙은 몸이지만, 그 시절만 해도 여진족의 침구가 잦았기에, 문무를 겸해야 했던 것은 어쩔 수 없는 것이었다. 그러기에 달무는 활쏘기와 칼쓰기를 노상 익혔을 뿐 아니라, 사서삼경보다는 손자병법에 더욱 열중했다.

 그날도 달무는 건너골짜기에 과녁을 걸어놓고 시위에 화살을 걸었다. 순간 난데없이 노루 한 마리가 과녁 근처로 뛰어왔다. 달무는 이제까지 닦은 무술을 시험할 절호의 기회라 생각되어 가슴이 뛰었다. 고구려의 어느 장수는 날으는 기러기의 눈도 꿰었다지 않는가? 달무가 이런 생각이 퍼뜩 떠올라 바로 노루의 머리를 겨냥한 때였다. 어디선지 바람을 끊는 소리와 함께 예기치 않은 화살이 노루의 머리를 정곡으로 꿰뚫는 것이었다. 달무가 어리둥절한 채 바라보았을 때, 오른쪽 언덕에서 나무 사이를 말을 탄 채 잽싸게 달려 내려오는 소년이 있었다. 달무와 비슷한 또래였다. 달무는 한편으로 분통이 터졌으나 이 범

상치 않은 친구가 바로 삭방도만호 겸 병마사의 자제라는 사실은 아직 모르고 있었다. 그러기에 그는 허물없이 나무랬던 것이다.

"야! 너는 누구이관대 참 예의도 없구나. 개똥참외도 먼저 본 사람이 임자라는데…!"

"하하! 먼저 보기로 하면 나다. 저 노루를 튀긴 건 이 몸이었으니까!"

말하는 폼과는 딴판으로 서글서글한 것이 그대로 통성명을 하고 싶었지만, 그러나 달무의 고집이 가만히 있지 않았다.

"뭣이 어째? 이 친구 꽤나 건방지군!"

지나친 줄 알면서도 약간 시빗조로 대어들었다.

"하하! 건방진 건 바로 너다!"

"에잇! 이 자식! 맛 좀 봐라!"

그것은 전혀 젊은 혈기의 탓일 수밖에 없었다. 좋은 적수를 만났기에, 그들은 한번 겨루고 싶었던 것이다. 도전은 달무가 먼저 했으나, 둘이는 동시에 칼을 뽑아들었다. 그리고 용바위에 뛰어올라 칼싸움을 벌였다. 하지만 예견된 바와 같이 승부는 좀처럼 나지 않았다. 서로 노려보는 눈에서도, 맞부딪는 칼에서도 불똥을 튀겼으나, 누구도 결정적인 일격을 가하지는 못했다.

  결국 칼싸움은 무승부로 끝나고 말았다. 그러자 제안한 것이 바로 용바위 틈에 뿌리박은 느릅나무의 둥치를 단칼에 베자는 것이었다. 직경이 거의 한 자나 되는 뒤틀린 느릅나무는 마침 두 갈래로 가지를 뻗고 있었다. 먼저 달무가 힘을 몽땅 칼날에 모아 후려쳤다. 무서운 바람을 일으키며 두붓모처럼 싹둑 나무둥치가 잘려졌다. 그도 마찬가지였다. 순간 둘이는 서로 손을 맞잡고 환호성을 올렸다. 단지 그것으로 그들은 십년지기나 된듯이 말을 몰아 성 안으로 달려들어갔다. 그리고 달무가 먼저 집으로 그를 초대했던 것이다.

  마침 부친이 출타를 했기 때문에, 이 뜻밖에 생긴 친구와 좋아하는 머루주라도 마시고 싶었던 것이었다. 달무가 그를 데리고 집에 왔을 때 달무의 모친은 한 눈으로 삭방도만호 겸 병마사의 둘째 자제임을 알아 보았으나, 무슨 까닭인지 아무런 내색도 하지 않고 술상을 차리게 해서는 봉쇠어미를 물리치고, 달무의 여동생 차섬을 시켜 내어보냈다. 차섬은 달무보다 세 살 아래로 열네살이었으나, 남보다 숙성하여 벌써 허리에 치렁치렁한 머리채 하며 처녀티가 골에 박혀 있었다.

차섬은 조금 전에 오라버니와 함께 말을 질풍같이 몰아 달려들어오던 그를 보고 담박에 가슴이 두근거렸다. 차섬은 고개를 숙인 채 팔모소반의 술상을 받쳐들고, 오라버니의 방문 앞에 섰다. 달무는 이 의외의 모친의 처사에 좀 의아했으나, 곧 그에게 소개했다.

"내 동생일세!"

"아! 그런가? 폐가 많으오이다."

그러나 그가 너무도 의젓하게 나오는 바람에, 달무는 웃음이 터져나오는 것을 참으며 동생에게 말했다.

"이왕 들어왔으니 술이나 한 잔 따르렴! 오라버니 친구인데 흉이 될라구…!"

"차섬이라 하옵니다. 오라버님과 즐거이 노시다 가시어요."

그런데 차섬은 깜찍하게도 어느새 술 따르는 법을 배웠는지, 청자를 들어 머루주를 잔에 찰랑히 넘치도록 붓고는 나붓이 머리 숙여 예를 표하는 것이었다.

"휴우!"

달무는 또 한번 한숨을 내뿜으며 용바위에서 시선을 거두어 들였다. 오십년이 거의 지났건만 바위 위의 느름나무 둥치는 아직도 썩지를 않고, 그때의 칼자국이 그대로 남아있는 듯했다. 그는 양손을 벌려 두 개의 둥치를 쓰다듬어 보았다. 그러자 그때의 뜨거운 피가 솟구치는 듯 가슴이 끓어올랐다.

이윽고 달무는 저 만큼에 매어둔 말 안장에 올라, 고갯길을 다시 한번 바라본 후 천천히 골짜기를 내려 성 안을 향했다.

봉쇠아낙에게 저녁밥 뜸을 들이도록 시킨 차섬은 구리거울 앞에 앉아, 새삼 자신의 얼굴을 비추어 보았다. 벌써 환갑이 지난 지도 몇년이 넘었다. 삼단같던 머리는 파뿌리가 되었고, 분이야 곤지야 찍었던 뺨에조차 주름살이 깊게 패였다. 그러나 아직 곱상한 자태는 예나 이제나 다름이 없다.

하지만 차섬의 눈에서는 하염없는 눈물이 주르르 볼을 타고 흘러내렸다. 생각하면 박명한 팔자랄 수밖에 없었다. 너무나 지체가 높은 분이었기에 헤어져야만 했고, 끝내는 시집이라고 갔으나 여진족에 의해서 식구가 도륙당하고, 결국 친정에 돌아와서 오늘날까지 늙었다.

"마님! 저녁 다 되었나이다."

봉쇠아낙의 채근이 아니었던들 차섬은 언제까지나 눈물을 흘리며, 거울 앞에 앉아 있었을지 몰랐다.

"아! 알았네."

그제야 차섬은 당황히 치마꼬리로 눈물을 훔치며 밖으로 나왔다.

'상왕께오서 금의환향 하옵신단다.'

이러한 소문이 성안에 퍼졌을 때, 누구보다도 놀라고 기뻐한 것은 차섬이었다. 차섬은 삭방도만호의 옛 관저가 수리되는 것을 직접 눈으로 확인한 첫번째 사람이었을지도 몰랐다. 하나 그것은 혼자만의 괴로움이었고 기쁨이었다. 차마 오라버니인 달무에게도 내색할 수 없는 일이었다. 그날 처음 그에게 술잔을 올린 이후로 둘이가 만났던 것을 달무는 꿈에도 모르고 있을 것이기 때문이었다.

달밝은 밤이면 그의 말안장 뒤에 붙앉아 허무러진 성터를 넘어서 용바위로 그들은 달렸다. 이 세상에 누가 그 사실을 알고 있을까? 차섬은 그와 자신과 달과 별 이외는 결코 없으리라 아직도 단정하고 있다. 차섬은 용수로 머루주를 걸러내며, 가슴이 아프도록 즐거웠던 옛날을 회상한다.

"그분께오서 상왕이 되어서 돌아오신다니...!"

그러나 이제는 너무나 오랜 세월이 흘러버렸듯이, 너무나 지체가 더욱더 높아지셨기에 안타깝기만 하다. 하나 잊을 수 없는 그 어른임에야 어찌 하랴! 차섬은 파르르 떨리는 손으로 머루주를 청자에 담았다. 이 청자! 바로 그 날 두 손으로 따라 드린 술병이 아니었던가? 차섬의 주름진 볼에는 또다시 주르르 눈물이 흘러내린다.

날으는 새도 마음대로 꿰뚫던 활솜씨! 아름드리 나무도 단칼에 자르던 칼솜씨! 그리고 산처럼 우람하게 압도하던 넓은 가슴! 차섬은 갑자기 온몸을 휩싸는 현기증에 눈을 감고 진정했다. 생각하면 할수록 괴롭고도 행복했던 시절이었다. 그러나 세월은 두 사람을 위하여 평온하지 않았다. 여진족의 끊임없는 침입과 더구나 홍건적의 내습은 그가 출정해야 하는 이유가 됨과 동시에 또한 두 사람이 이별을 해야 하는 결과도 낳았다.

그 마지막 날 밤! 청자에 그가 좋아하는 머루주를 가득 담고 도토리묵을 안주로 장만한 차섬은 여느 날처럼 그의 말안장 위에 앉아 용바위로 향했다. 그날에사 말고 요즘처럼 달이 휘영청 밝았고 가을이 깊었다. 풀벌레가 영절스럽게 울어대는 바위에 두 사람은 마주 앉았다. 차섬은 눈물로 얼룩진 얼굴을 그에게 보이지 않으려 옆으로 돌린 채 술잔을 올렸다. 그리고 애끓는 정한을 한가락 소리에 실어 그에게 바쳤다.

가시리 가시리잇고
나난 바리고 가시리잇고
날러는 엇디 살라 하고 바리고 가시리잇고
잡사와 두어리마나난
선하면 아니 올셰라.
셜온님 보내압노니 가시난 닷 도셔 오쇼셔.

차섬의 애절한 음성은 끊어질듯 이어질듯 솔바람이 반주되어 골짜기에 울려퍼졌다. 순간 그는 사나이로서 가장 뜨거운 품으로 차섬을 안았고, 차섬은 억제할 길 없는 울음을 기어이 터뜨리고야 말았던 것이다.

그후 차섬은 그가 나라에 큰 공을 세웠고 대궐로 들어갔다는 풍문을 들었을 뿐이었다. 이어 큰 벼슬에 자꾸 오른다는 소식이 간간이 성안에 심심찮게 전해져왔다. 애초에 훗날을 기약하지 않은 것이 안타까왔지만, 그러나 차섬은 그것을 후회하지 않았다. 어차피 그 어른과 나는 혼인할 수 없는 신분이 아니던가? 관리라고 딱부러지게 내세울 수도 없는 말단 패관의 딸이 아니던가? 그러기에 차섬은 그로부터 삼년 후 부친이 정해 준 혼처를 거역하지 않았다.

"그때 내가 밤도망이라도 쳤더라면...?"

차섬은 벌써 몇 십년 전의 일이건만 가슴을 두근거리며 상상해 보았다. 하나 너무나 부질없는 일이었다. 저 거울에 비친 얼굴은 이미 할머니가 다 된 노파일 뿐이 아닌가?

"후우!"

가늘게 새어나오는 한숨을 깨물며 차섬은 다시 솟구치는 눈물을 닦아야 했다. 용수골에서의 이별 장면이 또 머릿속을 파고드는 것이었다. 그 영절스럽던 풀벌레 소리! 그 휘영청 밝던 달빛! 솔바람을 반주삼아 차섬은 애끓는 귀호곡을 불렀었다.

가시리 가시리잇고
나난 바리고 가시리잇고

지금도 자신의 노랫소리가 아련히 들려오는 것만 같다.

"마님! 패관어른님께서 돌아오시나이다."

봉쇠아낙이 종종걸음으로 뛰어들어오며 전갈하는 바람에, 차섬은 황급히 눈물을 닦고 밖으로 나왔다. 벌써 어둠이 추녀 끝에 서렸다. 달무가 말고삐를 이끌고 문간에 들어서고 있었다.

"오라버님, 늦으시었군요?"

"휴우!"

그러나 달무는 아무 대꾸없이 한숨만 길게 내뿜으며 마굿간으로 들어갔다. 차섬도 더 말을 하지 않았다. 달무의 마음을 너무나 잘 알고 있기 때문이었다. 그래서 봉쇠아낙만 채근하여 저녁식사 준비를 시켰다.

"벌써 다 참겨 놓았나이다."

눈치 빠른 봉쇠아낙은 치마에 바람을 일으키며 부엌으로 들어갔다. 차섬은 청자에 담아놓았던 머루주와 잔을 작은 소반에 받쳐들고 사랑으로 나갔다. 손(孫)을 보지못한 채 살아오던 올케가 십여년 전에 죽은 후, 이 집은 아주 흉가처럼 적막해졌다. 식구래야 모두 달무와 차섬 그리고 봉쇠 내외 뿐이었던 것이다. 봉쇠네나 아이라도 있으면 이리 허전하지 않으련만, 그녀도 오십줄에 가까와오도록 종무소식이었다. 그래서 모두가 팔자소관이거니 돌리고 살아온 그들이었다. 하나 오늘은 웬일로 온 집안이 더욱 쓸쓸하다. 해서 차섬은 머루주를 받쳐들고 오라버니 방을 찾았던 것이다.

"반주로 한 잔 드시어요, 오라버님!"

비록 오빠 앞이지만 다소곳이 무릎을 모으고 앉아 따라 올리는 술잔에, 달무는 문득 옛날이 생각났다. 그와 처음 만나서 칼싸움과 느릅나무 베기를 시합한 후, 집에 왔을 때도 차섬은 지금과 같이 술잔을 바쳤었다. 순간 달무는 목이 메어 받아들었던 잔을 내려놓고 말았다. 차섬도 달무의 마음을 깨달을 수 있었기에, 고개를 숙인 채 더 권하지를 못했다.

"술은 나중에 들것이니 물리어라."

상왕이 된 그가 돌아오는 날 함께 마시리라 결정을 내리는 달무의 속마음을 차섬이 모를 리 없었다. 아니 어쩌면 차섬은 달무에게 그것을 깨우치려 술병을 가지고 들어왔는지 몰랐다.

늦가을 저녁해가 마지막 햇살을 거두어들이는 석양 무렵이었다. 고개만 넘으면 용수골에 당도하는 지점에 이르렀을 때, 상왕은 호위병사를 모아놓고 조용히 말했다.

"예까지 오느라 고생들이 많았노라. 이제는 물러가도

록 하라!"

그러나 병사들은 그 말이 무슨 뜻인지를 잘 몰라 의아한 얼굴로 서로를 바라보는 것이었다.

"...한양으로 돌아가란 말이로다."

"예? 마마..!"

호위대장은 어안이 벙벙한 채 어찌할 바를 몰랐다.

"이곳은 나의 고향땅, 소로(小路)를 알고 있으니, 그만 나 혼자 가겠노라."

상왕은 처음으로 짐(朕)이란 말을 쓰지 않았다.

"하오나... 마마!"

병사들은 황공하여 저마다 몸둘 바를 몰랐다.

"너희들의 임무는 끝났으니, 이만 나에게서 떠나가란 뜻이니라!"

상왕은 조금 역정섞인 음성으로 분부를 내린 후 말에 채찍을 내렸다. 아직도 당대의 무장답게 목청이 쩌렁쩌렁하고, 기운이 정정한 상왕은 나는듯이 고개를 추어 올라갔다. 호위병사들은 넋이 나간 듯 멀거니 제 자리에 서 있을 뿐이었다. 고개를 다 오르자 상왕은 감회에 쌓여 성 안을 굽어보았다. 순간 어렸을 때의 일들이 하나하나 머릿속을 스치고 지나갔다. 삭방도만호 겸 병마사의 자제였던 그는 이 시절 호화로운 생활속에 보냈다.

여진족 추장에게서 **빼앗은** 적준마(赤駿馬)를 타고 사냥을 즐겼다. 호피(虎皮) 조끼에 꿩깃으로 장식한 모자를 쓰고 질주할 때면, 성 안의 백성들은 머리를 조아려 우러러 보았다. 그러나 무엇보다도 잊을 수 없는 추억이 있다.

어느 날이었던가? 아마도 저 용수골에 단풍이 빨갛게 불타고 있었으니까, 요즈음 같은 가을이었으리라. 사냥을 위하여 대낮에도 온갖 산짐승이 출몰한다는 이곳에 왔을 때, 그는 노루 한 마리를 발견하고 누군가가 세워 놓은 과녁 근처에서, 그것을 한 화살로 꿰뚫었다. 달무와는 그 일로 해서 알게 되었다. 그리고 젊은 혈기였기에 두 사람은 용바위에서 칼싸움을 벌였고, 느릅나무 둥치를 베는 시합까지 했었다.

지금도 그 나무둥치가 남아 있을까? 벌써 달무와는 만난 지가 육년이 넘었는데, 살아있을는지…! 아니 그보다 더욱 궁금한 사람이 있다. 달무에게도 묻지 못했던 차섬의 안부! 서로 헤어진지 거의 오십년이 가까웠으니, 그녀야말로 이미 저 세상 사람이 됐을지도 모른다. 순간 상왕은 쓸데없이 불길한 상상을 한 것을 떨쳐버리기라도 하려는 듯 머리를 흔들었다.

아! 그 마지막 밤 이별의 괴롭던 일!

가시리 가시리잇고
나난 바리고 가시리잇고
날러는 엇디 살라하고 바리고 가시리잇고...

그 애절하게 읊던 가락이 지금 이 순간에도 생생히 들려오는 것만 같았다.

...잡사와 두어리마나난
선하면 아니 올셰라.
셜온 님 보내옵노니
가시난 닷 도셔 오쇼셔

상왕은 더이상 그 자리에 서있을 수가 없었다. 한 시각인들 지체할 수가 있으랴! 어서 성 안으로 들어가 달무 아니 차섬의 소식을 알아보리라. 하나 몇걸음 내려오지 못해서 상왕은 다시 말을 멈춰세웠다. 이미 너무나 많은 세월이 흘러갔듯이, 상왕이 된 몸으로서 사사로운 정에 쏠려 그들을 찾을 수가 있단 말인가? 성 안의 백성들은 지금 그를 눈이 빠지게 기다리고 있을 것이다. 비록 선양을 했을 망정 이 나라의 왕이었기에, 무언가 상왕으로 해서 이 고장에 돌아올 혜택을 기대하는 마음으로, 백성들은 틀림없이 그의 일거수일투족을 주시할 것임에 틀림없다.

상왕은 무겁게 짓누르는 압박을 느꼈다. 다음 순간 상왕은 서글픈 심정이 되었다. 돌아보아야 이 산고개엔 혼자 몸이다. 공연히 호위병들을 물리쳤구나 하는 후회조차 들었다. 그는 사람이 그리워졌던 것이다. 수많은 사람들 속에서 지내왔기에 이러한 공허감을 더욱 참을 수 없는 것인지 몰랐다. 상왕은 그의 주변을 스쳐간 수많은 사람들을 그려보았다. 홍건적의 내습을 막기 위하여 사관(仕官)한 후, 그는 줄곧 전쟁터에서 젊은 시절을 보내었다. 왜구의 침입을 토벌하느라 바다에서도 지냈다. 따라서 함께 고락을 같이 했던 사람은 이미 타계의 사람이 되었거나, 자신과 같이 용케 살아 남았다면 높은 벼슬에 올랐고, 혹은 반대로 숙청되어 귀양을 갔다.

하나 상왕은 차근차근히 세력을 구축하여 야망을 키웠다. 풍수지리설이 아니라도 나라의 돼가는 꼴이 미구에 결단이 날 확신이 들었던 것이었다. 선왕때부터 계속되는 내란과 문무의 알력은 정치의 기강을 크게 어지럽혔고,

설상가상으로 홍건적과 왜구는 국력을 더 이상 지탱하기 어렵게 만들었다. 더구나 귀족들의 횡포는 백성을 도탄에 빠뜨리고 민심을 이반시켰다. 백성없는 나라란 있을 수 없는 일이 아니던가? 비록 무장일망정 그는 너무나 잘 알고 있었다. 하나 누구도 왕에게 직간하는 신하가 없었다. 그는 이것을 회심의 미소로써 반겼다.

그러던 어느날 그의 사저(私邸)에 뜻밖에도 함흥땅으로부터 달무가 찾아왔다.

"소인, 문안드리오."

정중하게 예를 차리는 달무에게 그는 좌우시인을 물린 후 나무랬다.

"자네 그 무슨 엉뚱한 짓인가?"

"하하하! 허지만 군보(軍普)는 이미 나라의 큰 녹을 받는 몸이 아닌가?"

"무슨 소릴! 달무 역시 그렇찮나?"

"이 몸이야 미관말직도 못되는 패관(稗官)인데...!"

"하하하! 지금 그런 것 따져 무엇하겠나?"

그는 무슨 일로 달무가 개경에까지 찾아왔는지가 궁금할 뿐이었다. 혹시 차섬의 일로 온 것이 아닐른지...? 허지만 그것은 달무로서 까마득히 모르는 일일텐데...! 그러나 단도직입적으로 그런 것을 물을 수는 없었다. 해서 그는 술상이 들어온 후, 첫 순배가 돌도록 달무의 입만 주시했다.

"군보! 한 가지 청이 있어 왔네."

이윽고 달무가 술잔을 내려놓으며 정색을 하고 말을 꺼냈다.

"청이라니?"

그는 약간 긴장하여 다음 말을 기다렸다. 설마 경직(京職) 벼슬자리를 부탁하러 온 달무는 아니겠기에, 그는 더욱 의아스럽기조차 했던 것이다.

"상감마마를 알현할 기회를 좀 만들어 줄 수 없겠나?"

달무는 과연 뜻밖의 부탁을 해왔다.

그는 놀라지 않을 수 없었다.

"그건 왜...?"

해서 대답을 하기전에 되물어야 했다.

"군보도 알다시피 오백년 사직이 존망의 위기에 봉착하지 않았나? 겹치는 내우외환은 끊일 날이 없고...!"

"달무! 그 무슨 무엄한 말인가?"

그는 어처구니가 없었다. 아무리 사석(私席)이라지만 어찌 그런 말을 함부로 할 수가 있단 말인가?

"미안하이! 그러나 지금 말한 나의 청은 자네가 힘쓴다면 꼭 될 수 있는 일이니, 한번 들어주어야 겠네."

그러나 달무의 부탁은 너무나 간곡한 것이었다. 그는 눈을 감고 무엇인가를 생각했다. 그러다가 무릎을 탁 친 후, 달무의 손을 잡아 흔들며 말했다.

"좋네! 내일 함께 어전으로 들어감세."

이튿날 그는 달무를 안내하여 대궐로 들어갔다.

"마마! 요즘 항간에 떠도는 유언비어가 무엇인지 아시나이까?"

이날 좌우시녀까지 물리치게 한 달무가 아뢴 말은 이런 엉뚱한 것이었다.

"유언비어라…?"

"예! 마마께오서 천하의 미소년(美少年)을 선입(選入)한 자제위(子弟衛)는 궁중의 풍기를 문란시킨다 하오며, 진평후(眞平侯) 봉작(封爵)까지 내리신 편조대사(遍照大師)가 근자에 와서는 방종과 음탕에 흐른다 하옵니다."

"허허! 경이 그걸 어찌 그리 잘 아는고?"

"소신이 봉직하는 패관이란 직은 항간에 떠도는 가담항설(街談巷說)을 수집하는 것이오라, 세상을 방랑하면서 들었사옵니다."

"음...!"

상감은 담담하게 고개를 끄덕이었다. 그는 달무가 궁중의 일까지 소상히 잘 아는 사실에 놀라지 않을 수 없었다. 그러나 그보다 이러한 말을 듣고도 전혀 노기를 띠지 않는 상감에 대해서, 그는 더욱 경악을 금할 수 없었다. 노국공주의 승하 후에 모든 일에 뜻을 잃은 상감으로서, 다시 한번 새로운 정사를 편다면 그에게 있어선 결정적인 타격이 아닐 수 없었다. 그 점을 타진해보기 위해서 달무에게 상감을 알현할 기회를 만들어 준 것이 아니었던가?

"마마! 총명하옵신 성은으로 이 나라를 도탄에서 구하옵소서."

이윽고 달무는 용안을 우러르며 눈물로써 애소하는 것이었다. 상감은 눈을 지긋이 감고 생각에 잠겼다. 그는 달무가 어전을 물러간 후 궁중에서 벌어졌던 일련의 사건들을 생각했다. 과연 달무의 말대로 진평후는 상감의 살해음모로 수원에 유배되었다가 복주(伏誅)되었고, 환자 최만생의 밀고로 자제위의 홍륜이란 미소년이 익비를 범한 사건이 밝혀졌다. 익비사건이 터지자 상감은 이를 감추기 위해, 홍륜과 최만생을 죽임으로써 영원히 미궁속에 묻으려 했다. 하나 오히려 상감은 그들에게 암살을 당함으로

써 왕조는 더욱 몰락의 길을 재촉하고 말았다. 왕조가 이처럼 복잡하게 얽혀갔듯이, 그의 반생도 파란만장한 그것이었다. 그는 다시 용수골과 성 안을 바라보았다. 그의 과거처럼 꾸불꾸불한 길이 그곳으로 이어져 있었다.

"상왕께오서 금의환향 하옵신단다."

이러한 소문이 성 안에 퍼진지도 벌써 보름이 가까웠다. 그리고 그 소문이 사실임을 증명하는 듯, 옛날 상왕이 살았던 삭방도만호의 관저가 수리된 지도 닷새가 지났다. 백성들은 나뭇단을 실은 마차가 지나가는 소리만 나도 행여 상왕의 행차가 아닌가 하여 뛰어나오곤 했다. 오늘 당도할 것인가? 아니면 내일쯤에는 틀림없을 거야! 저마다 백성들은 자신있게 떠들었다.

하나 달무는 오늘도 용수골에 나가서 머나먼 고갯길을 응시하고 있었다. 상왕은 결코 큰길로 마차를 타고 오지 않을 것이다. 달무는 그렇게 확신하고 있었다. 육순을 넘었다고는 하지만 당대의 무장답게 아직 정정한 그가 왕위를 선양(禪讓)하고 귀향할 적에는 무슨 곡절이 있음에 틀림없을 것이었다. 그 곡절을 달무는 짐작할 수 있었다. 역시 권세란 그런 것이어늘...!

달무는 선조대로부터 수집해 온 패관잡기에서 얼마나 많은 얘기들을 읽었는지 몰랐다. 그리고 세상이 망하려면 어떠한 일들이 벌어졌고, 반대로 세상이 흥할 때에는 무슨 일들이 일어났었는지를 너무나 잘 알고 있었다. 그러한 점에서 볼 때 고려조의 멸망은 뭐니뭐니 해도 정신적 타락이 첫째 요인이었다. 언제부터인가 불어닥치기 시작한 음탕한 풍조는 세상을 휩쓰는 속가(俗歌)에서도 잘 나타나고 있었던 것이다.

얼음우희 대닙자리 보와
님가 나와 얼어주글만뎡
이 밤 더디 새오시라
이 밤 더디 새오시라…

그중에도 만전춘(滿殿春)은 극단의 남녀상열지사(男女相悅之詞)였다. 동동(動動)이나 쌍화점(雙花店) 등, 다른 속가들도 한결같이 이어의 연결이었다. 권신들은 자기의 딸을 상감에게 몇 씩이고 바치기를 서슴치 않았다. 순전히 권세를 유지하려는 방편이었다. 결국 달무가 예상했던 대로 천하는 바뀌어졌다. 하나 그가 그리하리라고는 달무로서도 미처 예견치 못한 일이었다. 그렇기에 그가 왕위에 올랐을 때 달무는 수많은 고향 사람들이 몰려갔건만 한번도 찾지를 않았던 것이었다.

그러나 어느 날 한성으로부터 특사가 왔다. 그의 부름이었다. 하는 수 없이 어전으로 나갔다. 과연 국정은 쇄신되어 있었다. 한성으로 천도한 그는 새 왕조의 위엄을 세우고자 온갖 새로운 국도의 시설을 서두르고 있었다.

달무는 종루(鐘樓) 네거리를 지나다가 장행랑(壯行廊) 형식의 육의전을 들르게 되었다. 견직전, 금포전, 면주전, 지전, 저포전, 어물전 등이 가장 컸다.

여기에서 그는 놀라운 사실을 들었다. 견직전과 금포전에서 사대부의 아낙네들이 옷감을 끊으며, 신덕왕후 강씨가 좋아한다는 명주와 비단을 고르기에 수다를 떨고 있는 것이었다.

"허허! 벌써부터 왕가와 권신들의 아낙네들 간에 사치 풍조가 흐르다니...!"

달무는 길게 한숨을 내뿜으며 어전으로 들어왔다. 그는 용상에서 내려와 비원으로 말을 몰았다. 두 사람은 언젠가 지난날의 일을 똑같이 상기하고 있었다.

"달무! 이제는 나에게 그날의 직언을 들려 주어야겠

네."

달무는 하늘을 나르는 까치를 바라보며 중얼거렸다.

"군보는 요즘 육의전에서 무슨 옷감이 날개가 돋친 줄 알고 있나?"

그는 의아하여 달무를 바라보았다.

"새 국도의 성곽이 쌓아지기도 전에, 신덕왕후를 따르는 사치가 사대부의 아낙네들 간에 유행이네!"

"음!"

그는 입술을 지긋이 깨물었다. 과연 달무다운 말이었다. 하지만 가장 총애하는 신덕왕후의 일이고 보니 무어라 말할 수 없었다.

"군보! 고려왕조는 정신적 타락으로 망했네. 군보는 혁명을 했다지만, 아직 혁명된 것은 아니네!"

달무는 적어도 그라면 무슨 말을 하던 상관없다고 믿었다. 그 역시 등극 후에 수많은 사람들을 알현했지만, 과연 직언을 하는 신하는 없었다. 모두가 충신이고 심복일망정, 그들은 무언가 감추고 있었다. 그것은 더 많은 권세를 얻기 위해서가 아니면, 이미 얻은 권세를 놓치지 않기 위한 연막술이었다.

그는 차츰 무언가 허전한 마음을 달랠 수가 없었다. 더구나 날이 갈수록 신의왕후 소생인 방원의 일을 생각하면, 불쾌를 넘어 괘씸하기조차 했다. 비록 내 핏줄을 이은 혈육이요, 개국의 공이 컸다고는 하나 부왕인 자신이 눈을 시퍼렇게 뜨고 있는데도, 도당을 모아 머지않은 장래에 있을 양위에 대비해서, 벌써부터 왕이나 된듯이 행세하는 것이었다. 그래서 그는 선수를 쳐서 총애하는 신덕왕후의 소생인 막내 방석을 세자로 책봉해 버렸다.

"후계자 문제만 해도 그렇네. 이 나라는 군보의 것인 동시에 만백성의 것이기도 하네. 사사로운 정으로 결정할 일이 아니야!"

그런데 달무 역시 자신의 결정을 반대하는 눈치가 아닌가? 신왕은 그 말에는 조금 비위가 거슬렸다.

"만백성을 위해서는 뛰어난 인물을 택해야 하네. 그리고 그 인물을 키워야 하네."

"뭐라고?"

그렇다면 달무 너도 방원의 편이 아닌가? 그는 좀더 마음이 상했다. 그러나 이러한 내색을 보인다는 것은 어쩐지 죽마고우에 대한 왕으로서의 체통에 어긋날 것만 같아 가까스로 참았다.

"방원왕자는 큰 인물이네! 선죽교에서 포은(圃隱)을 주살했을 때, 이미 내 알았네! 참으로 혁명할 사람은 방원왕자라고...!"

"그건 어째서...?"

그는 당시에 방원을 크게 질책하고 중론을 두려워했던 사실을 상기하고 용안을 찌푸렸다.

"시운을 막으려는 것은 어리석은 일이야. 새 역사는 새로이 과감하게 개척해야 하기 때문일세. 따지고 보면 포은의 속셈이나 군보의 야망은 같은 게 아니었나?"

"음...!"

그는 자신도 모르게 한숨을 내뿜었다. 수많은 고려의 유신들을 도륙 또는 유배시키고 세운 이 나라가 과연 새로운 나라가 되었는지 새삼 의심스러워지는 것이었다.

"군보! 말이 지나쳤나보이! 용서하이!"

그리고 달무는 뒤도 돌아보지 않은 채 고향으로 돌아왔던 것이다.

"휴우!"

달무는 벌써 오늘도 몇 번째나 몰아쉬는 한숨을 삼키며 다시 한번 고갯길을 응시했다. 순간 달무는 깜짝 놀랐다. 저멀리 고개 중턱을 질풍같이 달려 내려오는 필마는...?

그것은 묻지 않아도 상왕일 것임에 틀림없었다. 이심전심(以心傳心)으로 달무가 이곳에서 기다릴 것이라고 상왕 역시 생각한 것이었다. 상왕이 고개 너머에서 호위군사를 물리친 것은 바로 그 때문이었던 것이다. 달무는 용바위에서 내려 말에 올랐다. 그리고 마주 상왕을 향하여 달려 나갔다. 상왕은 용바위에서 누군가 뛰어내려 말을 타는 것을 보고, 그가 달무인 것을 곧 알아차렸다. 수많은 세월이 흘러갔어도 그리고 수많은 인걸이 그의 곁을 지났건만, 달무만큼은 변함이 없었구나 생각하니, 상왕의 두 눈시울은 뜨겁게 충혈되었다.

"마마! 기다렸나이다."

이윽고 달무가 말에서 내려 읍하고 예를 갖추자 상왕은 당황히 외쳤다.

"달무! 이게 무슨 짓이오! 이 몸은 이제 한갓 야인, 그 옛날로 돌아가세!"

하지만 선양을 하자 당장 대하는 눈치가 달라지던 권신들을 생각하면, 이처럼 예를 갖추는 달무가 눈물이 핑 돌도록 고마웠다.

"원로에 얼마나 피곤한가?"

달무도 이제는 상왕의 뜻을 받들어 친근어린 목소리로 말을 건넸다.

"하하하! 보다시피 끄떡없네."

상왕은 참으로 오랜만에 호탕하게 웃었다. 얼마전 왕자간에 일어났던 골육상쟁은 까맣게 잊은 것 같았다.

"이 늙은이는 이제 갈 때가 다 됐나보이."

달무는 중풍으로 불편해진 오른팔을 흔들어 보였다.

"허허! 그 무슨 말인가? 인생칠십고래희라군 하지만, 우린 좀더 살아야 하네."

상왕은 달무와 나란히 말을 몰았다.

"글쎄…!"

하나 달무는 대답을 얼버무리며 상왕이 돌아온 이상, 이제 패관잡기는 그만 쓰고 죽기전에 권(券)과 책(冊)으로 갈라 정리해 두리라 마음먹었다.

이윽고 두 사람은 용바위 앞에 와서 말을 멈추었다. 그리고 아직도 썩지 않은 채 용바위 틈에 남아있는 느릅나무 둥치를 감회깊게 바라보았다. 그들의 머릿속에는 똑같이 지나간 수많은 세월들이 스쳐가는 것이었다.

"여기서 잠깐 쉬어감세."

달무가 먼저 말에서 내렸다.

"음! 목이 좀 타는군."

상왕도 내려 용바위 위로 올라섰다. 벌써 단풍이 거의 떨어졌다. 이때 저만큼 골짜기 아래에 한 노파가 보자기로 덮은 목판을 인 채 올라오고 있었다. 두 사람의 눈길은 똑같이 그곳에 가서 멎었다.

"차섬일세!"

이윽고 달무가 혼잣말처럼 중얼거렸다.

"알고 있네."

상왕도 혼잣말처럼 대꾸했다. 달무는 그 옛날 이곳에서 상왕과 처음 만나게 되어 집에 그를 초대했을 때 머루주를 마시던 일을 생각했다. 상왕은 그 옛날 이곳에서 차섬과의 마지막 이별을 생각했다.

잡사와 두어리마나난
선하면 아니 올셰라!
셜온님 보내옵노니 가시난듯 도셔 오쇼셔.

상왕은 골짜기를 휘몰아가는 바람소리가 차섬의 귀호곡(가시리)으로 들렸고, 달무에겐 상왕이 자기의 과녁 근처로 달려온 노루를 쏘아 맞히던 화살소리로 들렸다.

이미 용바위까지 거의 당도한 차섬의 목판에 얹힌 청

자에서는 머루주 찰랑거리는 소리가 맑게 울려퍼지고 있었다.*

다섯.
스승과 제자

고등학교 교사였던 한유복 선생은 학생들에게 딸봉이란 몽둥이로 기강을 잡는 별난 선생이었다. 그런데 박천식이란 제자는 가난한 학생으로 한유복 선생을 골탕먹였지만 이는 오해였고, 오히려 진정한 사제지간이 된 두 사람은 〈홍의장군 수련관〉을 지은 제자와 관장이 되는 바, 여기에서 온갖 포복절도할 갖가지 헤프닝이 벌어지는데...!

창작 메모 - 우리나라의 역사 가운데 가장 처절한 전쟁이었던 임진왜란 때 바다에 이순신 장군이 있었다면 육지에는 홍의장군 곽재우 의병장이 있었는데. 이를 오늘의 학생들에게 교육시키는 방법으로 새롭게 조명해 보았다.

스승과 제자

"관장님! 큰일났습니다. 이 일을 어쩌면 좋죠?"

〈홍의장군 수련관〉의 한유복 관장이 숙직실에서 잠자리에 들기 위해 마악 침대에 누운 늦은 시각이었다. 수련관 입소생들을 관장하는 최 학감이 노크도 없이 다급히 들어와 하는 말이었다. 그 바람에 한관장은 잠옷 바람인 채로 최 학감을 바라보며 물었다.

"아니! 이 밤에 무슨 일이오? 수련생들한테 사고라도 생긴거요?"

청소년 학생들을 받아 수련교육을 시키는 만큼 그간 크

고 작은 안전사고들이 있었기에 한 관장은 오늘 역시 또 그런가 싶어 되물었다.

"저 사고라기보다...! 관장님! 실은 그보다 더 심각한 일입니다."

"뭐요? 대체 무슨 일이기에...?"

이제 겨우 개관 1주년이 지난 〈홍의장군 수련관〉이지만 개관 부터 참으로 엉뚱한 사고들이 벌어졌다. 맨처음 개관식 때에는 도내 200여 고교의 회장단 학생 200여명의 2박3일 교육과정 첫 수련회 입소식을 겸한 개관식을 가졌다. 그리하여 군수와 군의회 의장, 군교육장, 도교육청의 부교육감을 비롯한 군내 전현직 교장 등 교육계 인사들이 대거 참석한 가운데 성대하게 열렸는데, 하필 행사중에 앰프가 나가서 육성으로 행사를 진행해야 하는 방송사고가 났던 것이다. 그때 한 관장은 등에 진땀이 흐르고 쥐구멍이라도 있으면 들어가고 싶은 심정이었으나, 지하 1층에 지상 3층의 현대식 수련관의 새 건물은 숨을 곳이란 아무데에도 없었다고나 할까?

"관장님! 그게 참 너무나 엉뚱한 사안이라서요, 뭐라 말씀드려야 할지...!"

"어허! 참 답답하군! 최 학감! 엉뚱한 사안이라면 혹시 요즘 군대에서 흔히 벌어진다는 학생들 간의 성희롱 사건이라도…?"

실은 작년 겨울방학 때 남녀학생들이 동시에 입소했는데 도내와 서울 학생들이었음에도 남녀학생간의 풍기문제가 터져 여간 곤혹스럽지 않았던 것이다. 그리하여 그 후로는 남녀학생을 구분하여 동시에 입소시키지 않기로 했다. 그러니까 남학생끼리의 엉뚱한 사안이라면 혹시 그런 쪽의 난감한 문제가 아닐까?

"저 관장님! 실은 한 학생이 토론시간에 질문을 하라니까, 글쎄 우리 수련관의 운영방침은 천강 곽재우 홍의장군의 호국의병 정신의 함양을 목적으로 하는 청소년 교육기관이 아닙니까?"

"그야 물론이지! 그래서 〈홍의장군 수련관〉이란 이름으로 개관하게 된 것이고…!"

"근데 한 학생의 질문인즉 천강 곽재우 홍의장군은 임진왜란 때 의병을 일으켜 싸우면서 왜 홍의를 입게 되었는지, 그 이유를 알려 달라지 뭡니까?"

"뭐라구…? 천강 곽재우 홍의장군이 붉은 옷을 입은 까닭이라….?"

"네! 저로선 역사책에 그리 나오니까 그런 줄만 알았

지, 왜 그랬냐는 건 생각해보지 않았거든요."

"으음! 그래 최 학감은 그 학생에게 뭐라고 답변했오?"

"저...얼른 대답할 말이 생각나지 않아 그냥 '임마! 홍의장군이니까 붉은 옷을 입었지, 딴 이유가 뭐가 있겠노?' 그딴 질문같지 않은 질문은 때려치라고 했더니, 그 학생의 다음 발언이 더욱 당돌하지 뭡니까?"

"으응? 이번엔 뭐랬기에...?"

"글쎄 우리 수련관 명칭인 홍의장군에 대해서 그런 연구조차 없는 수련관이라면, 입소생들은 내일이라도 짐을 꾸려서 퇴소하고 말겠다는 협박성 발언을 서슴찮지 뭡니까?"

"뭐라구? 그게 정말이오?"

"네! 그러니까 제가 사고보다도 더 심각한 사안이라고 말씀드린 겁니다."

"으음! 천강 곽재우 홍의장군이 왜 붉은 옷을 입었느냐?"

"네! 혹시 한 관장님께선 알고 계신가요?"

"......!"

하지만 그건 역시 한 관장에게도 너무나 어처구니없는 질문이어서 할말을 잃고 멍하니 최 학감만 바라볼 따름이었다.

"저... 관장님께서도 답을 모르신다면 제가 다시 학생들에게 가서 내일 오전 특강 때 관장님께서 직접 알려주시겠다고 얘기하고 오늘 밤 교육을 마치겠습니다!"

결국 최 학감의 이런 미봉책에 한 관장은 동의할 수밖에 없었는데, 그가 숙직실을 나가자 한 관장은 컴퓨터를 켜고 천강 곽재우 홍의장군이 왜 붉은 옷을 입게 되었는지 검색하여 보았다. 그리하여 해답을 뒤진 끝에 이런 내용을 찾아냈던 것이다.

1.한 가지 읽은 신화가 생각납니다. 곽재우가 의령에서 의병부대를 조직하고 명나라 황제에게서 받은 붉은 비단으로 갑옷을 만들어 입고 초립을 썼다고 합니다. 그때 갑자기 하얀 백마가 나타나 곽재우 장군을 태우고 하늘을 우러러 보며 싸움터로 향했다고 합니다. 이런 신화 때문에 하늘에서 내려 온 홍의장군이라고 불렸다고 합니다.

2.곽재우가 왜 붉은 옷을 입었냐구요? 그건 자기 맘이 아닌가요?

3.바로 미신 때문입니다. 어떤 미신인가 하면 붉은 옷을 입고 싸우면 왜군의 총탄과 화살이 비켜간다는 미신이지요. 근데 붉게 물들인 방법은 물감이 아니고 소녀의 첫 월경의 핏물로 물들였다고 합니다. 어느 책에서 직접 읽은 얘기라서 기억이 납니다.

4.곽재우가 붉은 옷을 입고 싸운 이유는 따로 있지 않다. 그냥 전투에서 빨간 비단옷을 입었기 때문에 홍의장군이라 불린 것이다. ㅋㅋㅋ!

한 관장이 인터넷을 검색해보니 이런 그럴사한, 아니 말도 안되는 홍의장군에 대한 해설이 떠돌고 있는 것이었다. 한 관장은 어처구니가 없어 쓴웃음을 지으며 스스로 해답을 찾기 위해 궁리를 거듭했다. 그러다가 다음과 같은 가설에 이르렀다.

조상 대대로 큰 벼슬을 한 명문가의 촉망받던 곽재우가 과거에 급제했으나 왕의 뜻에 거슬린 답안의 글귀로 파방을 당했다. 그런 인물로서 의병을 일으키기까지는 많은 정신적 고뇌의 과정을 겪었을 것이다. 따라서 그가 왜군과 싸울 때는 오로지 우국충정의 뜻이었을 것이다. 그렇다면 고려말 정몽주가 이방원의 '하여가'에 답한 '단심가'에서 '임 향한 일편단심이야 그칠 줄이 있으랴!'라고 한 종장의 일편단심(一片丹心) 즉 '한 조각 붉은 마음'에서 그는 붉은 옷을 입은 홍의장군이 된 것은 아닐까?

'으음! 이제야 그 학생의 질문에 답을 찾게 되었군!'

이윽고 한 관장은 미소를 지으며 고개를 끄덕였다. 하마터면 올곧고 순수한 학생의 질문에 괘씸죄로 다스릴 뻔하지 않았는가? 한 관장은 서울의 공립고교에서 국어교사로 봉직할 때 그런 실책을 범한 적이 있었던 것이다. 바로 이 〈홍의장군 수련관〉의 창설자이자 한 관장의 제자인 박천식 사장과의 사연만 해도 그랬다고나 할까?

"너 이 짜식! 당장 엎드려 뻗쳐! 내 수업방해죄가 몇 댄 줄은 알겠지?"

야간공고에 근무할 때 국어수업을 마친 한유복 선생은 박천식 학생의 귓불을 고삐처럼 잡아끌고 교무실로 내려와 호통을 쳤다. 그러자 녀석이 잔뜩 볼멘 소리로 퉁명스럽게 대꾸했던 것이다.

"열대든 스무대든 맘대로 하세요!"
"뭣이 어째? 이게 어디서 말대꾸야?"

순간 한 선생은 눈에서 불꽃이 튈만큼 화가 치밀어 '딸봉(몸둥이의 한쪽 끝이 뭉툭하여 마치 남자의 거시기와 비슷하대서 학생들이 지어 부른 별명)'이란 몽둥이로 가차없이 녀석의 엉덩이에 매질을 가했던 것이다. 하지만 박천식 학생은 꿈쩍도 않고 10여대의 폭행에 가까운 한유복 선생의 체벌을 받아냈다. 그는 평소에 사랑의 매라고 자부했고 실제로 그런 간절한 사제의 정으로 학생들에게 체벌을 했지만, 그날은 왜 그리 화부터 내게 되었는지 지금은 잘 생각이 떠오르지 않았다. 이때 옆자리의 김선생이 그대로 놔두었다가는 학생을 잡겠다고 여겼는지 말리는 바람에 매질을 멈췄지만, 요즘 같으면 누가 핸드폰으로 찍어 인터넷에 동영상으로 퍼뜨릴지도 모를 일이었다. 그런데 이런 혹독한 체벌을 받고서도 박천식 학생은 똑같은 짓을 되풀이했다. 그것도 한유복 선생의 국어수업이 한창 무르익은 중간쯤에 이르러 녀석은 마치 무슨 질문이라도 있는 듯 오른손을 번쩍 들며 한 선생을 불렀던 것이다.

"선생님!"

"왜...? 무슨 질문이야?"

"저 좀 급해서요!"

"뭐...? 큰거야 작은거야? 작은거면 참아!"

말하자면 대변과 소변 중에 소변이면 그냥 견디라는 한유복 선생의 명령에, 하지만 녀석은 이렇게 대답해서 수업분위기를 아주 망쳐버렸던 것이다.

"큰거! 작은거! 둘 다요!"

"와아! 하하하하...!"

그런데 문제는 이런 똑같은 짓거리를 한유복 선생의 국어시간마다 되풀이했다는 점이었다. 그래서 한 선생은 오늘은 작심을 하고 녀석에게 이런 혹독한 체벌을 가했는지 몰랐다. 그런데 다음 국어시간에는 중간이 지나도 녀석이 화장실에 간다고 손을 들지 않기에 이젠 반성을 했나 싶었는데, 갑자기 쿵하는 소리와 함께 녀석이 앉았던 의자에서 굴러떨어져 다시 수업분위기를 망쳐버렸다.

"이 짜식이 지금 또 장난이야? 뭐야?"

그래서 다시 체벌을 가하려고 달려가 녀석을 일으켜 세웠더니, 눈을 허옇게 뜬 채 정신을 잃고 축 늘어졌다.

"어어? 임마! 꾀병하는 거야? 뭐야!"

한편 걱정이 됐지만 시침을 떼고 한유복 선생은 반장을 시켜 녀석을 양호실로 내려보내고 수업을 계속하다가 벨이 울려서 교무실로 돌아왔다. 그런데 다음 시간은 수업이 없어 양호실에 가보니 녀석이 아직도 침대에 누워 있는게 아닌가? 그래서 담뇨를 덮은 그의 어깨를 흔들어 깨우며 물었다.

"야! 박천식! 너 진짜로 아픈 거야?"

"네에? 선생님 오셨어요? …죄송해요!"

그러자 박천식은 가까스로 눈을 뜨며 일어앉아 한유복 선생을 바라보았다.

"그래! 나도 미안하다. 근데 무슨 병이라도 있는거니? 한창 팔팔한 나이에 기절을 하다니…? 여학교 때 보면 빈혈학생이 많더라만…!"

정말이지 한유복 선생이 여고에 근무할 때 월요일 운동장조회를 하다 보면, 여학생들이 픽픽 쓰러져 체육과와 교련과 선생님들은 그녀들을 양호실에 업어나르기에 바빴던 것이다. 나중에 알고 보니 그중에 몇 명은 젊고 미남인 체육선생과 교련선생의 등에 업히고 싶어 꾀병을 부린 것이기도 했지만 말이다.

"저 선생님! 제가 수업시간에 화장실 간다고 한 건 거짓말이었다구요."

"뭐야? 거짓말?"

"네! 제 고향은 경남 의령인데요, 아버지께서 사업에

실패하여 서울로 온 가족이 밤도망을 왔다구요. 그런데 그만...!"

갑자기 녀석이 이런 고백을 하다가 눈물을 글썽이며 다음 말을 잇지 못했다.

"으음! 그런데... 어쨌단 말이냐?"

"부모님이 연탄가스에 중독되어 돌아가시고, 전 고아가 되어 할머니랑 함께 사는데요..."

"뭐야? 그런 사연이 있었단 말이냐?"

"...동사무소에서 밀가루 배급을 받지만 저녁을 못 먹어요. 그래서 선생님 수업시간에 화장실에 간다고 속이고, 수돗가에 가서 수돗물로 배를 채웠는데, 습관이 되니깐 자꾸 그런 거짓말을 하게 되지 뭐예요."

"그... 그런 줄도 모르고 널 그리 체벌했구나? 왜 진작에 나에게 말하지 않았니?"

"네! 선생님은 국어를 가르치시고 또 글도 쓰시니까 상담하고 싶었지만, 괜히 다른 친구들도 알게 되면 쪽팔릴 것 같아서요...!"

이윽고 녀석은 눈물을 보이며 그동안 숨겨온 자신의 과거를 고백했던 것이다. 그리하여 다음 날부터 한유복 선생은 아내에게 도시락을 싸달라고 부탁해서 녀석의 교실에 찾아가 슬그머니 그의 책상 속에 넣어주었다. 그런데 이런 사실을 눈치챈 박천식이었지만 같은 비밀을 가진 친구처럼 시침을 떼고 순순히 받아들였던 것이다.

그 후로 한유복 선생의 수업방식이 달라졌다. 그 전에는 학생들의 잘못에 대하여 엄벌주의로 나가서, 무조건 딸봉으로 심할 정도로 체벌을 가했지만 이제는 유머전법을 써먹었던 것이다. 가령 학생들이 수업중에 떠들거나 숙제를 안 해오면 변함없이 딸봉으로 엉덩이에 번갯불이 일도록 후려쳤지만 이런 유머러스한 해설을 덧붙였다.

"욤들아! 이렇게 세 대만 맞아도 어찌 되는 줄 아느냐? 네들 2세가 맹구같은 바보로 태어나게 된단 말이다! 왜냐하면 이 딸봉은 리히터 지진기로 진도 9.9의 강도를 자랑하기 때문에, 너희들 고환에 살고 있는 4억 마리의 정자 중에 2억 마리가 사망하고, 1억은 중상에 나머지는 경상을 입어 그리 된다구! 알겠냐?"

그러면 남학생들은 울상이 되어 소리쳤다.

"딸봉 선생님! 제발 딸봉으로 엉덩이를 치지 말고 종아리를 때려주세요"

하지만 학생들을 매로만 다스리지는 않았다. 수업을 하다가 가끔씩 엉뚱한 썰(얘기)을 풀어서 학생들로부터 박수를 받기도 했으니…!

"여러분! 섹스피알 아시지요? '로미오와 줄리엣'을 쓴 영국의 대문호! 그밖에 '햄릿'과 '리어왕'도 쓴…"

"에이! 선생님! 세익스피어죠!"

"아아! 나는 국어선생이라 콩그리쉬 발음이예요. 에, 섹스피알은 온종일 집에서 글을 쓰고 저녁식사는 항상 런던의 최고급 레스또랑에서 외식을 했어요."

"하하! 레스또랑이 뭐예요? 레스토랑이죠!"

"글쎄 알아들었음 됐지 웬 군소리들인고? 열중 차렷! 내 썰을 잘 들어봐! 어느 날 섹스피알이 글이 안 써져서 밤늦게야 레스또랑엘 갔는데, 마침 종업원 청년이 섹스피알이 안 오는 줄 알고 청소를 하고 있었어요. 그런데 섹스피알이 나타났으니 그만 종업원 청년은 화가 나서 빗자루를 내동댕이쳤어요. 그걸 섹스피알이 본거야. 그때 섹스피알이 종업원 청년에게 뭐라고 한 줄 알아?"

그 순간 학생들은 누구도 딸봉 한유복 선생의 영어 발음에 더 이상 야유하지 않고 모두들 조용히 눈과 귀를 모았다.

"이보게! 젊은이! 그대가 지금 무슨 일을 하고 있었는지 아는가? 그러자 종업원 청년은 섹스피알이 주인에게 이 사실을 일러바치면 쫓겨날 두려움과 또한 섹스피알에게 죄송하고 부끄러움에 고개를 푹 숙이고 말았지! 그러니까 섹스피알은 청년의 어깨를 다정하게 두드려 주면서 '지금 그대는 이 지구의 한 모퉁이를 깨끗하게 만들고 있었어! 알겠는가?' 그러자 레스또랑의 종업원 청년은 푹 숙였던 고개를 들며 이렇게 대답했어요. '네! 섹스피알님! 오늘밤엔 제가 가장 맛있고 성대한 심야의 만찬을 준비하겠습니다! 어서 자리에 앉으십시오!' 에, 그런데 여기서 얘기가 끝나면 싱거워요! 그후 섹스피알은 인도와 바꿀 수 없는 영국의 위대한 문호가 되었고, 종업원 청년은 바로 그 레스또랑의 주인이 됐다는 거예요! 이상 섹스피알 얘기! 끝!"

이처럼 딸봉 한유복 선생은 남학교, 여학교, 공고와 상고 같은 실업고까지 두루 전근을 다니면서 이런 식으로 제자들을 가르치길 40년 가까이 하고서, 드디어 정년퇴임하여 교단을 떠나게 되었던 것이다.

"한유복 선생님이시죠? 제가 누군지 아시겠습니까?"
딸봉 한유복 선생이 정년퇴임을 하고서 화백(화려한 백수)으로 지내던 어느날 핸드폰으로 이런 난데없는 전화가 걸려왔는데, 하지만 놀라거나 의아할 필요는 없었다. 요즘 개인정보가 어떻게 새어나갔는지 툭하면 별의별 데에서 다 전화가 걸려오기 일쑤였던 것이다.

"예에! 그렇습니다만 무슨 일입니까?'

그리하여 딸봉 한유복 선생은 거리낌없이 전화를 받자 상대방이 깜짝 반기는 목소리로 소리쳐왔다.

"아! 선생님! 제가 S공고 야간부를 졸업한 박천식입니다. 정말 오랜만이네요!"

"뭐라구? 박천식? 너 임마! 내 수업시간마다 화장실에 간다고 했던 박천식..?"

"어휴! 선생님! 그걸 아직도 기억하세요?"

"그럼! 공부 잘한 모범생은 잊어버려도 너처럼 선생 속을 썩인 짜식들은 세월이 갈수록 보고싶어진단다. 하하!"

딸봉 한유복 선생뿐 아니라 대부분의 교사라면 그것은 사실이었다. 어쩌면 자식도 순탄하게 큰 놈보다 죽네 사네 부모 속을 애태운 놈이 더 애정이 가고, 또 그런 자식이 효도도 하게 되는 이치와 같다고나 할까?

"선생님! 전 별로 뵙고 싶지 않았는데요?"

"뭐야? 그럼 나 혼자만 너를..?"

"에이! 선생님은 항상 제 마음 속에 계셨으니까요! 하하하! 실은 제가 선생님께 아주 중요한 부탁이 있어 찾아 뵈려구요!"

그러자 박천식 제자는 딸봉 한유복 선생한테 배운 탓인지, 이렇게 유머로 대답하면서 다음 말을 이어갔다.

"...선생님! 지금은 어디 사시나요? 설마 저희 학생시절에 사시던 집은 ..?"

"이보게! 난 공립학교에 근무해서 학교는 여러 곳 옮겼어도 사는 집은 말뚝을 박았지! 지금도 여전히 남산 아래의 후암동이라니까..."

"좋습니다! 그럼 서울역 앞 대우빌딩 지하에 있는 M일식집으로 오늘 저녁 일곱 시에 나오실 수 있겠습니까?"

"아암! 벌써 한 30년 가까이 됐지? 그런 반가운 제자의 청인데 당연히 나가야지!"

평생 교직을 천직으로 살아 온 사람들은 아마도 공통적으로 느끼리라! 이런 경우에 '가르친 보람과 만남의 기쁨'을 누리는 행복을 말이다. 그리하여 딸봉 한유복 선생은 시간에 맞춰 약속장소로 나갔는데, 벌써 미리 와서 기다리던 박천식 제자가 너무 반갑게 맞아주어 더욱 만남의 기쁨을 만끽시켜 주었다고나 할까?

"선생님께선 30년전이나 똑 같으십니다. 하하! 누가 보면 제자인 저를 친구로 볼 것 같아요. 하하!"

그의 제자인 녀석(?)은 수업중에 '큰것 작은것'을 겸하여 화장실에 가겠다던 때처럼 넉살을 피우며 딸봉 한유복 선생에게 넙죽 절부터 했다.

"아니! 설도 아닌데 세배냐? ... 그래 그간 어찌 지냈누?"

당장에 30년 세월의 너머로 타임머신을 탄듯 딸봉 한유복 선생도 제자에게 스스럼없이 대하자, 그가 서둘러 음식주문을 하더니 먼저 유리잔에 매실주를 따르며 말했다.

"선생님께서 술 좋아하시는 건 저희들 수학여행 때 이미 알았습니다. 서울역에서부터 경주의 2박3일 동안 술병을 끼고 사셨잖습니까?"

"그건 나만 담임이 아니고 옵서버로 따라갔으니까 그랬지! 근데 제자는 사업으로 성공한 것 같군."

"예에? 그걸 어찌 아십니까?"

"으응! 사업가가 사업을 잘 하려면 술을 잘 마셔야 술술 풀리는 법이니까 말야."

예나 이제나 유머를 좋아하는 딸봉 한유복 선생의 말에, 박천식 제자는 야간공고를 졸업하고 현장실습을 간

직장에서 곧바로 취직한 후에, 그야말로 자수성가하여 지금은 그의 이름대로 천명의 직원들에게 밥을 먹이는 견실한 중소기업의 사장으로 성장했다는 자랑이었다.

"한데 선생님! 제가 성공한 비결이 뭔지 아십니까?"

"그야 열심히 일한..."

"물론 그런 점도 있지만요, 다 선생님 탓이지요. 아니! 덕택이예요!"

"뭐라? 이제 보니 내 말투를 닮았구만! 싱겁기는...? 하하하!"

참으로 오랜만에 반가운 제자와 마주앉아 술잔을 나누니 절로 기분이 좋아서 딸봉 한유복 선생은 너털웃음을 터뜨렸다.

"선생님! 전 아직도 선생님께서 제게 싸주셨던 도시락을 잊지 못하고요! 특히 섹스피알 얘기를 기억하고 있답니다."

"아! 그 도시락은 내가 제자에게 부끄러워서 사과의 뜻이었고, 섹스피알은 나의 교육관이기도 했다네!"

"네! 바로 그런 선생님의 가르침에 따라 한 30년 살다보니까 사업가로서 오늘의 위치에 이르게 되더군요. 그래서 선생님께 부탁드릴 일이 생긴 겁니다."

"나한테 부탁이라니...?"

"선생님! 제 고향이 경남 의령이라고 말씀드린 적 있죠? 어려서 가난 때문에 떠나온 고향이지만 저도 이 나이를 먹으니까 고향을 위해 뭔가 하고 싶어졌습니다."

"으음! 성공한 사람이라면 응당 고향을 위해 봉사도 해야지!"

"그래서 제가 고향인 의령의 천강 곽재우 홍의장군 생가 근처에 수련관을 만들려고 이미 건물까지 신축했는데요, 선생님께서 그 수련관의 관장을 맡아주셨으면 해서 이렇게 모셨습니다."

"뭐라구..? 그런 막중한 일을 나에게...?"

"네! 수련 학생들을 받는 건 주로 여름방학과 겨울방학 때고요, 평소에는 한 달에 두어 번 정도를 계획하는데 어떻습니까? 선생님의 훌륭하신 교육관을 한번 펼쳐보심이...?"

"글쎄! 내가 과연 잘 해낼 수 있을까?"

"선생님께선 학교에 계실 때 담임을 하고 싶어도 글을 쓰는 작가라고 따돌려놓아 섭섭했다고 말씀하셨잖습니까? 이제라도 교장은 아니지만 저희 수련관의 관장을 하시면서, 청소년 학생들에게 충절의 고장인 의령의 천강 곽재우 홍의장군의 호국의병 정신을 가르치는 교육을 하신다면 더욱 보람된 노후가 되시지 않을까요?"

이리하여 딸봉 한유복 선생은 제자복에 의해 정년을 하고도 또다시 이런 교육의 천직을 이어갈 수 있게 되었던 것이다.

"선생님! 정말 감사합니다. 저를 위해 이렇게 시골까지 오셔서 맡아주시니 말씀입니다."

드디어 박천식 제자가 설립한 〈홍의장군 수련관〉이 개관되어 딸봉 한유복 선생은 관장으로 취임하게 되었는데, 어느덧 일년이 훌쩍 지나는 동안 처음에는 몇몇 시행착오도 겪게 되었던 것이다. 하지만 날이 갈수록 〈홍의장군 수련관〉의 틀이 잡히고, 교과부에서 학생들에게 인성교육이 강조되면서 전국적으로 수련생들의 위탁교육 참가 신청이 늘어났다. 그런데 바로 이번과 같은 입소생의 상상을 초월한 질문과 행동은 처음이고 보니, 딸봉 한유복 관장으로서는 일반 학교에 봉직할 때보다도 더욱 충격을 받지 않을 수가 없었던 것이다. 하지만 그에 대한 현명한 해답을 찾은 이젠 조금 안심이 되었다. 그래서 다음날 오전 그의 특강시간에 이렇게 말을 꺼냈던 것이다.

"에, 어젯밤에 이곳 〈홍의장군 수련관〉의 명칭에서 홍의장군이 붉은 옷을 입은 이유를 질문한 학생이 누군가?"

그러자 앞줄에 앉은 한 학생이 거침없이 손을 번쩍 들며 외치듯 대답했던 것이다.

"접니다! 관장님께서 답변을 해주시겠습니까?"

"으음! 그럼 나의 답은 KBS 텔레비전의 '골든벨을 울려라'란 방송프로처럼 문제를 내어 풀어주겠다! 내가 인터넷을 보니까 여러 얘기가 떠돌고 있었는데, 내 생각으론 고려말 충신 정몽주의 시조에 그 답이 있었어요."

"관장님! 선죽교에서 이방원의 철퇴를 맞고 순절한 정몽주 말입니까?"

"역시 학생은 빠르군! 바로 그 시조의 종장을 외워 보면 될 거야!?"

"네! 임 향한 일편단심이야…?"

"바로 그거야! '한 조각 붉은 마음'! 즉 충성심의 표현으로 천강 곽재우 의병대장은 붉은 옷을 입고 왜군과 싸워 홍의장군이 되었다면 학생의 질문에 정답이 되지 않는가?"

"네에! 관장님! 맞습니다! 그것이 가장 멋진 해답이라고 생각합니다!"

그 순간 질문했던 학생이 이렇게 크게 소리치자 나머지 학생들도 함성과 함께 우뢰같은 박수를 쳐댔다.

"와아! 관장님 짱이야! 관짱! 관짱!"

그때 딸봉 한유복 관장은 새로운 교육방법을 깨달았다. 입소한 학생들이 아무리 치졸한 질문을 하더라도 일반 학교에서처럼

"얌마! 그 따위 질문같지 않은 질문은 집어치워! 이 짜슥아!"

하고 호통만 친다면 학생들은 어떻게 생각할 것인가? 이곳 〈홍의장군 수련관〉은 단순히 학생들이 들어와 이삼일 동안 친구들과 어울려 놀다가 돌아가는 장소로 전락할 것이 아닌가 말이다.

"아니! 학생들 블로그와 트위터에서 뭐라고 썼다고...?"

이런 일을 겪은 후 최 학감이 발견한 일이지만, 글쎄 입소생들의 블로그와 트위터에서 발견한 글들은 아래와 같았다고 한다.

'하이! 다음 주에 홍짱(홍의장군 줄임말) 수련관에 가는데여, 조교들은 얼짱인가여? 궁금해여!'

'내가 작년 여름방학에 가봤는데여, 규율이 쎄구여, 얼짱보다는 몸짱이 많아여! 아마 임진왜란 때의 의병체험을 가르치기 때문인가봐여! ㅋㅋㅋ!'

'홍짱 수련관엔 개그콘서트에 나오는 김병만 달인같은 짜리몽땅 관장이 있는데여, 별명이 아주 웃겨여! 서울에 있는 고등학교에서 국어 샘을 했는데, 고딩들에게 딸봉이란 몽둥이로 때려서 별명이 딸봉 관장이래염! ㅎㅎㅎ!'

"자! 〈홍의장군 수련관〉에 입소한 제군들은 듣거라! 지금부터 여러분은 1592년 임진왜랜 때 조선 최초의 의병으로 왜군과 맞서 싸운 천강 곽재우 홍의장군이 이끌었던 홍의군이 된다. 그러니까 지금부터 몽땅 벗고 홍의군복으로 갈아입어라! 실시!"

학생들이 〈홍의장군 수련관〉에 입소하여 숙소에 배정되어, 담당 조교의 이런 명령이 떨어지자 학생들은 어리둥절하여 서로 눈치만 살폈다.

"뭣들 하나? 홍의군복으로 갈아입지 않고! 엉?"

이미 홍의군복을 입은 몸짱의 조교가 호통치자 그제야 학생들은 침상에 놓인 홍의군복으로 갈아입기 시작했다.

"야! 동작 봐라! 빨랑 못해?"

마치 논산훈련소의 신병에게 다그치듯이 다시 명령이 떨어지자 학생들은 허겁지겁 홍의군 복장을 갖추었다.

"에, 이제부터 제군들은 퇴소할 때까지 홍의군이 되는 거다. 그럼 모두 따라오라! 현장견학을 간다!"

이윽고 최 학감과 조교의 인솔로 홍의군이 된 학생들은 맨먼저 의병광장으로 갔다. 그곳은 천강 곽재우 홍의장군과 의병들의 호국정신을 기리고 조선 최초 의병의 고장으로서 의령을 전국에 널리 알리기 위해 세운 홍의장군 동상이 있는데, 기단을 합쳐 높이 17미터로 붉은 옷을 입은 곽재우 장군이 백마에 올라 적진을 향해 호령하는 웅장한 기상을 담았다. 또한 벽면 전시대에는 왜군들과 전투하는 홍의장군을 비롯한 장령들의 비장한 모습이 부조로 새겨져 보는 사람들의 옷깃을 여미게 했다. 따라서 이를 바라보는 홍의군 학생들은 자신이 홍의장군의 부하가 된 듯한 착각에 빠졌다.

"야! 관람 질서가 이게 뭐냐? 왜군들이 본다면 비웃겠다. 질서있게 관람하라!"

"옛! 명에 따르겠습니다!"

다음 두번째로 홍의군 학생들을 인솔하여 간 곳은 의령

군 유곡면 세간리에 위치한 현고수였다.

"여기는 곽재우 장군이 임진왜란으로 나라의 운명이 풍전등화일 때 이 느티나무에 큰북을 매달아 울림으로써 사방의 의병들을 모아 훈련시킨 조선 최초의 의병 발상지이다! 보라! 지금도 그때의 충정을 과시하듯 600년의 풍상에도 끄떡없이 버티고 있으니, 제군들도 나라를 사랑했던 홍의장군의 애국혼을 본받아야 할 것이야!"

"예엣! 장군의 명을 따르겠나이다!"

최 학감의 해설에 홍의군 학생들은 사극 드라마의 엑스트라 병졸들처럼 힘차게 대답했다. 다음은 오늘의 현장견학 중 마지막 코스인 정암루 솥바위로 갔다. 남강물이 유유히 흐르는 철교 아래 가마솥을 닮은 바위가 물 위에 떠 있듯이 유유자적하니, 그 이름이 바로 정암루 솥바위였던 것이다.

"이곳은 그 옛날 선인들이 나룻배를 타고 왕래하던 나루터이지만, 임진왜란 때에는 곽재우 홍의장군이 왜적을 잠복끝에 몰살시킨 승전지로 유명하다. 그야말로 지금도 살아있는 역사의 현장이라 할 것이야."

역시 최 학감의 일장 해설에 홍의군 학생중에 한 녀석이 큰소리로 외쳤다.

"제군들은 들어라! 임진왜란 때 이곳에서 빛나는 승리를 거두신 홍의장군님께 묵념!"

"와아! 하하하! 모(뭐)야? 여기가 개그콘서트의 봉숭아 학당이냐?"

그러자 홍의군 학생들은 일제히 웃음을 터뜨렸는데 이때 최 학감이 받아쳤다.

"그래! 말 잘했다. 천강 곽재우 홍의장군님을 위한 묵념 시작!"

그리하여 엄숙한 분위기 속에 묵념이 끝나자, 이윽고 그들은 수련관으로 되돌아왔다. 그런데 식당에서 홍의군 학생들이 받은 저녁식사가 상상을 초월한 식단이었으니, 그것은 꽁보리밥으로 뭉친 주먹밥이었던 것이다.

"어어! 이게 뭐예요? 이걸 먹어요?"

그래서 처음 주먹밥을 대한 수련생들은 와자지껄 소란을 떨었는데, 이때 식사지도를 위해 참석한 딸봉 한유복 관장이 일갈했다.

"제군들은 듣거라! 바로 이것이 임진왜란 때 홍의군 의병들이 먹었던 보리주먹밥이니라! 소금에 간도 맞췄으니 군말 말고 한 덩이씩 먹도록 하렸다!"

"예에? 이것만 먹는 거예요? 중학교 때 수련원에 가서는 뷔페에 간식으로 피자까지 먹었다구요!"

"뭐야? 왜군과 싸우는 의병인 너희들이 그런 대접을 받길 바라느냐? 잔말 말고 어서 먹엇! 식사시간은 단 5분이야! 언제 왜군이 쳐들어올지도 모르니까...!"

이때 최 학감이 이렇게 호통을 쳐서 홍의군 학생들은 마지못해 보리주먹밥을 먹었는데, 점점 꿀맛으로 변해서 더 달라고 아우성을 치는 녀석들까지 나타났으니...!

저녁식사 후에 휴식을 취하고 밤 8시가 되자 야간교육으로 '의병 횃불점화식' 후에 조선군 의병과 왜병으로 편을 갈라서 '의령 큰줄다리기'가 펼쳐졌다. 먼저 운동장에 모여 준비된 홰에 불을 붙여 횃불을 흔들며 천강 곽재우 홍의장군이 신조로 삼았다는 다음과 같은 구호를 외쳤다.

"의병은 싸울 뿐이다!"

"결코 승리를 자랑하지 않는다!"

천강 곽재우 홍의장군은 필승의 전략으로 연전연승을 거둔 유격전의 맹장이었다. 하지만 그는 전공의 포상을 바라지도 않았고, 부귀와 공명을 탐하지도 않았던 것이다.

"어떠냐? 이제 의병 횃불체험으로 홍의장군의 애국 충혼이 느껴지지 않느냐?"

최 학감이 큰 소리로 묻자 홍의군 학생들이 합창하듯

대답했다.

"예! 왜적은 나와라! 우리가 무찌른다!"

"좋아! 그럼 지금부터 홍의군 의병과 까마귀 왜병으로 편을 갈라 '의령 큰줄다리기'를 하겠다. 그래서 이긴 편은 의령의 명품 수박을 상으로 내리고, 진 편에겐 뒷산에 가서 해병대 훈련체험을 시키겠다! 알았나?"

그리하여 홍의군 학생들을 한 줄로 세워 홀수와 짝수로 나눈 다음에, 홀수는 홍의군으로 짝수는 왜군으로 정해서 시합을 벌였는데 그 결과는 어찌 되었던가? 3전2승의 룰로 각 경기당 5분씩 했는데 양편 모두 1승씩에 3전은 끝내 무승부로 결말이 나지 않아, 의령의 명품 수박은 반쪽으로 쪼개어 함께 먹지 않을 수 없었던 것이다.

"나는 이곳 〈홍의장군 수련관〉을 세운 박천식 이사장입니다. 내가 이 수련관을 짓게 된 것은 여기가 저의 고향이지만, 어릴 때 가난으로 떠나지 않을 수 없었기에 특별히 애향정신이 깊다고는 말할 수 없겠습니다. 그런데 바로 여긴 계신 한유복 관장님이 저의 야간공고 시절의 국어선생님이셨던 바…"

하면서 박천식 이사장은 학창시절에 한유복 은사와의

사연을 소개한 후 말을 이었다.

"...에, 저는 천강 곽재우 홍의장군이 탄생하신 이곳을 고향으로 가진 사람으로서, 그분의 의병정신을 어떻게 구현할까를 생각해 보았습니다. 그러다가 저는 이 시대의 산업역군이 되어 우리나라를 부강시키는데 일익을 담당하기로 결심했습니다. 그리하여 지금은 견실한 중소기업을 운영하게 되어..."

이렇게 고향에 〈홍의장군 수련관〉을 짓게 된 진솔한 연설을 하자, 홍의군 학생들은 차츰 공감하고 감동에 빠져 들었다. 그리고 다음날 천강 곽재우 홍의장군이 임진왜란 때 실제로 격전을 벌였던 정암진 전투체험을 하게 되었는데, 그것은 수련생들에게 참으로 값진 체험이 아닐 수 없었다.

2박3일의 〈홍의장군 수련관〉 교육일정이 끝나는 날 운동장에서 해단식을 할 때였다.

"홍의군들은 듣거라! 지난 2박3일 동안에 곽재우 장군님을 꿈속에서 뵈었느냐?"

한유복 관장이 첫날처럼 훈시를 하는데, 이때 학생복으로 갈아입은 입소생들이 합창처럼 외쳤다.

"옛! 봤습니다!"

"정말이더냐?"

"지금도 저희 앞에 서 계십니다! 바로 딸봉 관장님이 홍의장군 아니십니까?"

그때 홍의장군 수련관에 입소한 학생들의 대표학생이 의병처럼 오른팔을 치켜들며 외쳤다.

"허허! 누가 그리 시키더냐? 그래야 너희를 집에 보내준다고 말이야? 사실대로 고하렷다!"

사실은 언젠가부터 최 학감이 그렇게 사주를 했는데, 하지만 한유복 관장은 모른 체 하며 오늘도 이처럼 엄포를 놓는 것이었다. 그런데 이때 수련생 모두의 입에서 함창처럼 터져나온 함성은 전혀 뜻밖이었으니...!

"홍짱 수련관! 만세! 홍짱 수련관! 만세!"

"어허! 그건 또 무슨 소리냐?"

"넷! 〈홍의장군 수련관〉이 최고라구요! 조교님, 학감님, 관장님, 이사장님! 모두 짱이니까요!"

그제야 〈홍의장군 수련관〉의 딸봉 한유복 관장이 만면에 웃음 띤 얼굴로 해단식의 마무리 인사를 마쳤다.

"좋다! 이제 돌아가면 너희들은 21세기의 홍의군이 되어라! 그래서 글로벌 시대의 한국인으로서, 세계 평화와 나라 발전에 기여하기를 바란다! 이상 끝!"*

여섯.
묵고노자 할배

조선시대에 〈구운몽〉과 〈사씨남정기〉 같은 걸작소설을 쓴 김만중은 평생을 귀양살이로 떠도는 기구한 삶을 살았는데, 유복자로 태어나 어머니의 올곧은 훈육으로 성장한 덕택에 학문을 대성하여 벼슬길에 올랐으나 오히려 파란만장한 인생길이 되었던 것이다. 하지만 바로 그런 기구한 귀양살이가 작가로서 성공한 전화위복이 되었다고나 할까?

창작 메모 - 조선시대에 허균과 함께 거장 연기 소설가였던 김만중의 삶과 창작 동기가 궁금하여 내 나름의 추적으로 김만중의 일대기를 재구성한 소설이라고나 할까?

묵고노자 할배

 '삭풍 부는 북방에서 돌아온지 엊그제이거늘 이제 다시 남방 땅끝마을로 위리안치(圍籬安置)라니...! 이 어이 기구한 팔자란 말인고...!'
 또다시 호송관이 전하는 어명을 받잡게 되자 그는 자조의 한탄을 내뱉았다. 50여 평생의 절반을 유배지로 떠도는 신세가 스스로도 가엾게만 느껴졌다. 그러나 어쩔 수 없는 왕명이니 그는 오랜만에 다시 도포를 벗고, 무명 바지와 저고리로 갈아입은 채 북쪽을 향해 삼배를 올렸다.
 "금상의 명을 따르겠나이다! 부디 만수무강하옵소서!"
 그는 호송관에게 들으란듯이 큰 소리로 아뢰며 배례의

예를 갖추었다.

"지체할 시각이 없다! 어서 길을 떠나야 해!"

아직 콧수염도 제대로 나지 않은 호송관이 마치 그를 대역죄인이라도 되는듯 험하게 다루었다. 그제야 그의 노모가 부엌문을 열고 급히 차린 밥상을 들고 나오며 애원하듯 호소했다.

"이제 가면 언제 다시 올지 모르는 귀양길이니, 이 늙은 어미가 따순 밥 한 그릇이나마 먹일 수 있게 선처를 부탁하오!"

그러자 밥상에 그의 밥그릇뿐 아니라 호송관의 몫까지 더 얹혀 있자 선참인듯한 자가 마지못해 대꾸했다.

"좋소이다. 우리도 출출하던 참이니 한 술 뜨고 떠납지요!"

그리하여 좁은 마루의 밥상에 그는 호송관과 함께 둘러앉아 노모가 차려준 마지막 밥술을 뜨기 시작했다. 쌀보다 보리와 콩이 더 섞인 잡곡밥에다가 반찬이라곤 된장찌개와 배추짠지 그리고 간장이 고작이었지만, 그래도 항상 배불리 먹어보지 못한 그에게는 꿀맛처럼 식욕을 돋구었다. 아니! 참으로 오랜만에 노모가 손수 밥을 짓고 상을 차린 모정이 담긴 밥상인 탓인지도 몰랐다.

"좀 천천히 먹게나. 어릴 때나 지금이나 항상 굶주린 사람처럼 자넨 밥상을 대하면 허발대신을 하니 어찌 선비의 풍모라 하겠는가?"

이를 보다못한 노모가 꾸짖듯 힐난을 했지만 실은 맛있게 먹어주는 아들이 대견하기만 했다. 그래서 아직 설익은 배추짠지 줄기를 쭉 찢어 그의 밥숟갈에 올려놔주는 노모였던 것이다.

"어머니! 제가 팔도 유배지를 떠돌았지만 이처럼 입맛 당기는 배추짠지를 먹어 본 적이 없사온데 무슨 비결이 있으신 겝니까?"

그는 밥알과 섞여 우적우적 씹히는 배추짠지의 짭잘한 맛을 음미하며 노모에게 물었다.

"글쎄다. 새우젓으로 간을 잡는 대신에 까나리젓을 썼기 때문인가? 호호!"

이제 아들뿐 아니라 호송관까지 너무도 맛있게 먹는 모습에 흐뭇한지 노모가 웃음까지 내비치며 말했다.

"아하! 할매 어르신! 잘 먹었소! 그럼 그만 길을 떠납시다!"

드디어 그와 노모는 다시 생이별의 순간을 맞게 되었다. 그 동안에 귀양으로 수없이 모자가 헤어졌지만, 오늘

따라 버쩍 늙어버린 노모를 두고 떠나는 그의 가슴은 날선 칼로 에이듯 통증을 견뎌내기가 힘들었다. 하지만 노모 앞에 그가 먼저 아픈 모습을 내보일 수가 없어, 어느새 자신도 주름살이 완연해진 얼굴이지만 한껏 미소를 지어내며 작별인사를 드렸다.

"어머님! 부디 옥체를 보중하십시오. 소자도 항상 건강에 힘쓰겠나이다."

"선생(船生)아! 에미 걱정은 말고 어디에 가 있던 선비의 도를 지키도록 하여라! 그것이 유복자인 너를 키운 어미의 학문지도(學文之道)였거늘…!"

노모는 문득 50여년전의 과거를 회상했다. 병자호란을 맞아 강화도로 왕이 피란을 갔다가 결국 남한산성의 삼전도에서 청나라 태종에게 무릎을 꿇었을 때 노모의 남편인 충렬공은 순절하고 말았다. 그리하여 그녀도 강화도에서 자결하려 했으나 뱃속의 아기가 발길질로 항거하였으므로 그는 유복자로 태어날 수가 있었다.

'자고로 산 목숨에 거미줄 치는 법이 없다 했거늘, 내 이 아이를 잘 키워 당신의 뒤를 잇게 하올 것입니다.'

그날부터 그의 어머니는 신사임당의 법도로 태교를 하였으며, 길쌈과 수놓기 등 바느질과 남의 집 부엌살림 등

온갖 궂은 일을 도맡아 함으로써 어린 유복자를 키웠다. 그런데 가난뱅이로 산다는 건 항상 서러운 것이어서 그는 옆집 동무가 즐겨 먹는 떡이며 과일 같은 군것질이 몹시도 탐이 났다. 그리하여 어느 날 그는 동무집 안방의 벽장에 몰래 숨어들어 인절미를 훔쳐먹다가 들키고 말았다.

"요런 발칙한 놈을 봤나? 도둑괭이처럼 떡을...!"

"잘못했어요! 다시는 안 그럴께요!"

그순간 그는 어린 소견에도 어머니가 알게 될까봐 두려워서 파리처럼 두 손을 싹싹 빌었다. 그러나 옆집 동무의 어머니는 더욱 노발대발하여 큰소리로 외쳤다.

"네 이놈! 누가 애비없는 호로새끼가 아니랄까봐 도둑질이냐? 어엉?"

그때 이 모양을 본 어머니가 날랜 짐승처럼 그를 낚아채며 옆집 마님에게 아뢰었다.

'마님! 죽을 죄를 졌나이다! 이 놈은 제가 죽여버릴 것이오니 노여움을 푸소서!"

그리고 그는 어머니의 손길에 멱살을 잡히운 채 뒷산으로 이끌려갔다.

"그래! 이놈아! 차라리 죽어라!"

아울러 어느새 가져왔는지 새끼줄로 그의 목을 감아 소

나무 가지에 걸었다.

"아앙! 엄니! 잘못했어요! 살려 주세요!"

그순간 그는 아까 옆집 동무의 어머니에게 했듯이 또다시 두 손을 싹싹 빌며 용서를 구했다. 그러자 어머니는 더욱 뜻밖의 고함으로 그를 기절 풍하게 했으니...!

"좋아! 이눔아! 그렇담 차라리 내가 먼저 죽으마! 애초에 네 눔이 뱃속에 있을 때 죽지 못한 에미가 잘못이었어! 그렇께...!"

어머니는 말을 마치기도 전에 더 높은 소나무 가지에 새끼줄을 걸고 목을 매는게 아닌가?!

"아악! 엄니! 안돼! 나 다신 도둑질 안 할께! 죽지 말아! 아앙! 으흐흑!"

서럽게 울어대는 그에게 잠시 눈길을 주던 어머니가 이윽고 앞치마로 눈물을 닦으며 와락 그를 끌어안았다. 그리고 그녀도 역시 그처럼 서럽게 울음을 터뜨렸던 것이다.

"선생아! 에미가 밭매러 갈테니까 넌 집에서 글공부나 하렴!"

그가 예닐곱 살쯤 되었을 때 어머니가 호미를 들고 집을 나서며 이르는 말이었다. 물론 그의 집엔 밭 한뙈기 논

한마지기 없었으므로 동네 부잣집 박 초시댁의 땅을 부쳐 먹으며 짬이 날 때에는 품을 팔기도 했던 것이다. 그때 그는 이미 어머니로부터 천자문을 배우고 있었다.

"하늘천! 따지! 가마솥에 누룽지! 가물 현! 누루 황! 박박 긁어서...!"

어쩌고 하는 우스갯스러운 글공부였지만 그는 얼마만에 천자문을 달달 외워서 부잣집 박 초시까지 깜짝 놀라게 했던 것이다.

"엄니! 오늘은 나도 밭 매러 갈래!"

"넌 아직 어려서 안돼! 글공부나 하라니까?"

"엄니! 효는 백행의 근본이라 했어요! 그러니까 저도 낮에는 엄니 따라 밭을 매고, 글공부는 밤에 할래요."

"뭬야? 네가 어찌 공자님의 말씀을 아는구...?"

"히잉! 글방에 몰래 갔다가 방안에서 글을 가르치는 훈장님하태 들었다구요!"

"그러니까 글방 문밖에서 어깨 너머로 배웠구나?"

어머니는 그가 한 행실이 놀랍고도 한편 기특하다는듯 눈을 크게 뜨며 말했다.

"오냐! 그럼 오늘은 이 에미랑 함께 밭을 매러 갈까?"

이리하여 그는 처음으로 어머니와 함께 호미를 메고 산

고랑에 있는 밭으로 김을 매러 갔다. 이윽고 산자락 끝에 누워 있는 산고랑밭에서 보리밭을 매는데 따가운 햇살이 이마에서 땀을 줄줄 흐르게 했다. 절로 헉헉 숨이 막히며 허리가 아프고 힘이 들었는데, 갑자기 어머니가 애절한 목소리로 노래를 부르기 시작했다.

호미도 날히언마라난
낟가티 들 리도 업스니이다
아바님도 어이어신마라난
위 덩더듕셩
어마님가티 괴시리 업세라
아소 님하
어마님가티 괴시리 업세라

그는 이런 어머니의 노래를 생전 처음 들었기에 신기하고 의아스럽기도 했는데, 노래를 마친 어머니가 그를 돌아보며 말했다.

"선생아! 이 노래는 내가 너만큼 어렸을 때 나의 어머니! 그렇께 네 외할머니랑 밭을 매다가 배운 노래란다."

"그래? 근데 호미랑 낫이 어떻다는 말인가요?"

그런데 노래의 뜻이 알쏭달쏭하여 그가 묻자 어머니가 고개를 주억이며 대꾸했다.

"그건 뭐고 하면 호미는 낫처럼 잘 들지 않듯이, 아버지는 어머니처럼 자식을 사랑하지 않는다는 뜻이란다. 잘 생각해 보거라. 너의 아버지도 너 같은 자식이 태어날 것을 생각했다면, 아무리 나라를 위한 충성이라지만 생목숨을 끊어 순절할 수가 있겠느냐? 그래서 이 홀어미 밑에 너를 이토록 모진 고생을 시킨단 말이냐?"

그순간 어머니는 일찍이 세상을 떠난 그의 아버지, 아니 남편이 원망스러운듯 무심히 흘러가는 먼 하늘의 구름을 바라보았던 것이다. 이때 그는 자신도 모르게 이런 대꾸가 나왔다.

"엄니! 걱정마! 대신 내가 아버지 노릇까지 다 해서 잘 할께! 으응?"

"오오! 네가 그런 효자가 되겠다는 것이냐? 말만이라도 기특하구나! 그래! 그럼 너에게도 이 노래를 가르쳐 주마! 따라 해봐라!"

다음 순간 어머니는 호미로 보리밭 이랑의 잡초를 뽑으며 더욱 애절하고 구슬픈 목소리로 노래를 부르기 시작했다.

호미도 날히언마라난

낟가티 들 리도 업스니이다

아바님도 어이어신마라난

위 덩더둥셩

어마님가티 괴시리 업세라

아소 님하

어마님가티 괴시리 업세라

이윽고 산고랑밭에서 모자가 함께 부르는 노랫소리에 맞추어 꾀꼬리와 산비둘기도 심심한데 잘 됐다는 듯 합창으로 울어댔다.

꾀꼴 꾀로롱...! 꾸우꾹 쿡쿡...!

집뒤의 대밭에서 잠자는 참새들이 깨어난 듯 재깔거리는 소리에 그는 이불 속에서 겨우 눈을 떴다. 간밤에 어머니랑 수놓기와 붓글씨 쓰기 내기를 하느라 늦잠을 잔 탓인지 머리가 띵해왔다. 바로 어제 글방에서 그는 대학을 떼었기에 책거리를 했던 것이다. 어머니가 정성으로 싸주신 인절미 한 동구리를 멜빵에 메고 가서 바치자 훈장님은 모시광우리처럼 소담스런 흰수염을 쓰다듬으며 일갈했다.

"허허! 선생아! 네가 이리 일찍이 대학까지 마친 건 다 너의 자당님 덕분이니라! 그러니 모두들 감사한 마음으로 이 책거리 떡을 먹도록 하여라!"

그리하여 글방에서 동무들에게 책거리 떡잔치를 벌여주고 왔는데, 이윽고 초저녁이 되자 그의 어머니가 쳇바퀴 같은 수틀에 명주천을 씌워 가져오며 건네왔던 것이다.

"선생아! 넌 한석봉과 그 어머니의 얘기를 아느냐?"

"예에? 한석봉이라면 조선의 명필 말씀인가요?"

"그래! 근데 한석봉이란 명필은 절로 탄생한게 아니란다. 붓글씨 공부를 위해 절간으로 들어갔는데 어미가 보고 싶어 얼마를 못참고 집으로 돌아온거야!"

"아! 어머님! 그 얘기라면 글방 훈장님한테 들었습니다."

"그래? 그렇담 이제 너도 한석봉처럼 이 에미와 붓글씨 쓰기 내기를 해볼까? 자! 등잔불을 끄고서 난 수를 놓고 너는 붓글씨를 쓰는 것이야."

그리하여 모자는 마치 한석봉의 일화에서처럼 수놓기와 붓글씨쓰기 내기를 펼쳤는데 그 결과는 어찌되었던가? 거의 두어식경을 겨루었는데 다시 등잔불을 켜자 나타난 것은 그가 외워 쓴 대학의 시편은 마치 세종체로 인쇄한듯 명필로 쓰여졌고, 어머니의 수틀에는 방금 연못에 피어난듯한 연꽃이 활짝 봉오리를 터뜨렸던 것이다.

"오! 그만하면 이 에미가 합격점을 줄만 하구나! 욕봤다."

어머니가 먼저 기쁜 목소리로 치하했다.

"아닙니다! 어머님의 연꽃 수가 백미입니다."

"호호호! 내가 부전자전이란 말은 자주 들었다만 이건 모전자전이 아니냐? 이젠 네가 초시에 나가도 되겠구나!"

그때 어머니는 더욱 들뜬 목소리로 그에게 말했다.

"예에? 제 나이 겨우 열넷이옵니다. 근데 벌써 초시를요?"

"뭬라구? 열넷이면 상투를 틀어도 될 나이니라! 옛날 신라 때 최치원은 여덟살에도 과거를 보았다고 했느니라!"

그리하여 가는 날이 장날이라고 바로 그 해가 초시를 치르는 식년이었으므로, 그는 어머니의 명에 따라 성균관의 유생이 아닌지라 60명을 뽑는 초시에 출전하게 되었던 것이다. 그리고 뜻밖에도 14세의 홍안소년으로 장원을 따냈고 16세에는 진사 역시 일등 낙점을 받았으니, 어쩌면 세종대왕 시절의 김시습처럼 나라에 신동이 나타났다고나 할까?

"선생아! 이제는 네 이름대로 네가 나보다 선생(先生)이 되었고나!"

그가 진사에서 장원급제를 하여 글방의 훈장님을 찾아뵈었을 때 그에게 하시는 말씀이었다.

"예에? 제가 선생이라뇨?"

"하하! 너의 자당님이 병자호란 피란 때 너를 강화도 뱃속에서 해산하였다고 선생(船生)이란 아명을 지었다는데, 지금은 너의 학문으로 과거에서 장원을 했으니, 그 누구보다 앞선 선생(先生)이 된게 아니겠느냐?"

이런 글방 훈장님의 칭찬이 아니라도 그는 그 후에 관직에 나아가 승승장구를 하였으니...! 현종 6년에 정시문과에 급제하여 정언과 지평 그리고 수찬을 지내고 계속하여 경서교정관 교리가 되었던 것이다. 그뿐이던가? 1671년 35세에는 암행어사를 제수받아 경기 및 삼남지방의 진정득실(賑政得失)을 조사하였는데, 이때부터 그의 파란만장한 생애가 마치 그의 마지막 귀양지였던 남해의 풍랑처럼 끝없이 이어졌던 것이다. 즉 그가 출사 후 승진을 거듭하여 38세에는 동부승지로 올랐는데, 이때 인선대비의 상복문제로 서인이 패배하자 그는 관직을 삭탈당하게 되었던 것이다.

'그때 훈장님의 훈계만 귀에 새겼더라도 나의 인생역정이 이리되지는 않았으련만...!'

처음으로 치솟아 오르기만 했던 벼슬에서 벼랑으로 굴러떨어지자, 그는 다시 글방의 훈장님이 마지막으로 훈계해 주시던 가르침이 떠올랐다.

"선생아! 네가 이제 내 문하를 떠나면 다시는 돌아오기 어려울 것이니라. 그래서 노파심에 하는 말이다만...!"

이때 글방의 훈장님은 그의 눈치를 살피는 표정으로 입을 열었다.

"스승님! 어이 그런 말씀을 하십니까? 저는 아직 스승님께 코흘리개 미련한 서생일 따름입니다. 범 무서운 줄 모르는 하룻강아지같은 학동일 뿐이오니 큰 가르침을 내려주소서!"

그러자 글방 훈장님이 갑자기 갓과 도포로 정장을 한 채 그를 이끌고 동구밖의 큰길로 나갔다. 그는 다른 학동들을 물리치고 그만 대동하는 이유를 알 수 없어 더욱 어리둥절 하였는데, 이윽고 마을의 수호신으로 여기는 정자나무 아래에 와서야 걸음을 멈추었다. 그리고 그를 똑바로 바라보며 입을 열었다.

"선생아! 내 나이 너만 했을 때 나에게 글을 가르쳐 주신 스승님이 예서 누구를 보았는지 알겠느냐?"

"제가 어찌 알겠습니까?"

"바로 이 나라 조선의 운명이 백척간두의 누란지세에 몰렸던 임진란의 와중에서 백전백승의 해전을 이끌었던...!"

"그 분은 임진란때 왜적을 물리치신 이순신 장군이 아닙니까?"

"그렇지! 바로 그 분이 원균의 모함을 받고 삭관파직되어 우마차로 압송되던 모습이었다는구나! 그런데 이번엔 내가 너만한 나이 때에 바로 이곳에서 누구를 보았는지 알겠느냐?"

"훈장님! 또한 제가 그걸 어찌 알겠습니까?"

"그 분은 너처럼 비슷하게 18세에 진사초시에 급제하여 왕자의 사부까지 지내며 벼슬도 높이 올랐지만, 결국은 사색당파에 밀려 보길도에서 오우가를 비롯한 주옥같은 작품을 남긴 고산 윤선도이었느니라!"

"아니 그 분도 귀양길에 이곳을 거쳐갔단 말씀입니까?"

"그렇다! 후우...!"

이윽고 글방의 훈장님은 이런 짧은 대꾸와 함께 한숨만 내쉴 뿐이었다.

"훈장님! 저에게 어떤 가르침을 주시려고 그러십니까?"

결국 참다못한 그가 훈장님에게 묻자 그제야 대답이 나왔는데…!

"선생아! 이제 너도 나라에 출사를 하면 그들처럼 이 길을 그렇게 지나게 될지도 모른단 말이다. 그리 된다면 너는 어느 길을 택하겠느냐?"

"예에? 어느 길이냐뇨?"

"너는 충무공 이순신 장군처럼 백의종군이라도 하겠느냐? 아니면 고산 윤선도처럼 그대로 낙향하겠느냐?"

"그건 아직 제가 생각해보질 않아서…!"

너무나 갑작스러운 글방의 훈장님 질문이었기에 그는 얼른 대답을 못하고 망설였는데, 그러자 훈장님이 근엄한 얼굴로 다시 물어왔다.

"너는 지금 무인이더냐? 선비이더냐?"

"그야 문과에 급제하였으니 선비가 분명합지요."

"그렇다면 너는 고산의 길을 따라야 할 것이니라."

"고산의 길이라구요? 훈장님!"

"그래! 이 정자나무 가지 사이로 흘러가는 저 하늘의 뭉게구름을 보아라! 잠시도 멈추지 않고 뭉쳤다가 풀어지고 흘러가니까 형체를 종잡을 수가 없지 않느냐?"

"예에! 그래서 세상의 부귀영화를 뜬구름과 같다 하겠지요?"

"옳은 말이다. 네가 이제 과거에 급제하여 꿰어차는 벼슬이란 저 뭉게구름처럼 허무한 것이야! 그러니 그걸 깨닫게 되거든 고산처럼 후대에 길이 남을 좋은 글이나 쓰란 말이다. 더구나 너의 자당님은 여인네로서 사서삼경까지 통달한 신사임당 같은 여류 문사이시니라. 그 어른에게 위로가 될만한 해동의 명문을 지어서 효도를 하도록 하여라. 병자호란 때 순절로 나라에 충성하신 너의 선친은 충신은 되실지언정 행복한 가정의 지아비나 부친은 못 되었느니라."

아직 혼례도 갖추지 않은 그에게 그때 글방의 훈장님은 왜 그런 훈계를 내리셨을까? 이제 천리 먼 남해에 위리안치되는 그는 남해처럼 머나먼 과거의 추억에 잠겨서 귀양길을 걸어갔다.

북방인 선천의 귀양터에서 풀려난지 겨우 일년만에 다시 남해의 유배지로 길을 떠나야 하는 자신의 기구한 운명 앞에 그러나 그는 왠지 마음의 평정을 얻어갔다. 어쩌면 향리에서 글방을 다닐 때 훈장님이 충무공 이순신과 고산 윤선도의 귀양가던 모습을 들려준 이야기가 이제야 떠올랐기 때문일까?

"호송관나리! 듣게나. 이제 남해까지는 얼마나 남았오?"

그보다 훨씬 어린 호송관이었지만 죄인으로 유배되는 그로서는 하오체로 묻지 않을 수 없었다. 그러자 권력을 휘두르는데 이골이 난 호송관이 퉁명스럽게 대꾸했다.

"남해는 천리가 훨씬 넘는 조선의 땅끝마을이니 아직 멀었다."

"그러오? 날이 저물면 새들도 숲속에 깃들어 자거늘, 그만 주막에 들러 유숙함이 어떻소? 내가 술 한 잔 사리다."

"좋소! 이 고개만 넘으면 주막이 나올 거외다!"

그제야 호송관의 말투가 누구러져 대꾸해왔다. 그는 어머니가 길쌈의 품삯으로 받은 엽전을 남몰래 노자로 챙겨주신 것에 감사하면서 주막에 이르렀다. 이제 밤이 꽤 이슥했건만 삼남이 만나고 갈라지는 지점의 주막은 여러 길손들로 북적대었다.

"주모! 여기 막걸리 한 병 주시소!"

"안주가 우째 요로코롬 부실하당가잉?"

저마다 각기 다른 사투리를 쓰는 길손들은 벌써 거나하게 취한 듯 떠들썩했다. 그는 호송관과 주막의 뒷마당에 펴놓은 멍석에 자리잡고 앉아 술잔을 기울였다.

"본 죄인 때문에 고생이 많으시오."

술잔을 따르며 호송관에게 진심으로 사과하는 투로 말을 건네자 그들도 기분이 풀린 듯 쾌활한 목소리로 대답했다.

"모두가 나랏님의 지엄하신 명에 따르는 것이니 과히 서운해 마시구려."

"고맙소이다. 옛말에 옷깃만 스쳐도 인연이라는데 천리역정을 함께 하니 우린 전생에 깊은 인연인가보오 그려!"

그는 이런 대꾸를 하면서 다시 지난날에 되풀이된 벼슬길과 귀양길의 서글픈 추억을 떠올렸다. 숙종 6년인 1680년에 경신대출척에 의해 다시 복귀한 그는 공조판서로 뛰어올라 대사헌에 이르렀으나 그것도 잠시였다. 당시에 사헌부의 조지겸, 오도일 등이 환수(還收)의 청이 있자 이를 비난하다가 자리에서 떨려났다. 하지만 벼슬길은 끈

질기기도 하여 다시 숙종 12년에 대제학이 되었으나 다음 해에 장희빈 일가를 둘러싼 사건에 연루되어 의금부에 끌려가 추국(推鞠)을 받고 하옥되었다가 선천으로 유배되었던 것이다. 그로부터 2년 후인 1688년에 유배소에서 풀려 나왔으나 박진규, 이윤수의 논핵으로 결국은 이번의 유배지인 남해로 위리안치된 것이었다.

"우리가 숱한 죄인들의 귀양길을 호송했지만 이번처럼 의연하신 분은 처음이외다."

주막에서 막걸리 술잔이 몇 순배 돌고 나서 호송관 중에 연장인 자가 그에게 수굿한 자세로 건네오는 말이었다.

"그게 무슨 소리오?"

"글쎄 유배지로 가는 죄인들은 하나같이 자신의 억울함만 내세우거나 원한에 차서 심지어 임금님에게도 대역의 망언을 서슴치 않았오. 그런데 마치 어려서 떠나온 그리운 고향에 귀양이 아니라 명절을 맞아 귀향을 하는듯한 모습이란 말씀이외다."

"하하! 그렇소? 아마 내가 하도 귀양을 자주 다니다보니 이젠 이골이 난 듯도 싶구려. 하지만 정말로 이번엔 조선의 땅끝마을이라선지, 마치 나이 먹어서 출사를 끝내고

향리의 늙으신 노모를 공양하러 가는 마음이 든다오."

흔히 등산을 하게 되면 오르는 산길은 험하지 않아도 힘들고 시간이 더 걸리지만 하산을 할 경우엔 순식간에 출발점에 돌아오게 된다. 그처럼 귀양길도 떠날 때가 아득하지 절반을 지나면 유배지에 이르는 건 한결 수월한 법이다. 따라서 그도 이번에 남해의 귀양은 전라도 땅에 이르자 어정쩡 하는 사이에 도착했던 것이다. 더구나 삼사월이나 구시월에도 삭풍이 불어대던 북방인 선천과는 달리 초겨울인데도 산과 들에 초목이 남아 있고, 특히 끝없이 펼쳐진 초록의 바다는 잔잔한 해풍에 반짝이는 물살로 그를 반겨서 정말로 고향에 돌아온 듯한 느낌이 들었던 것이다. 하지만 역시 바닷가의 한겨울은 오히려 내륙보다 혹독한 추위를 몰아왔다. 호송관이 물러가고 출입금지의 구역 안에 갇히운 그는 더욱 절대고독의 경지에 빠지고 말았다. 그는 문풍지로 새어드는 해풍에 춤을 추는 등잔불 아래에서 먹을 갈아 그의 심경을 몇 줄의 시로 가름했다.

울창한 나목이 앞 다투어 얼어드는데

밤새 무심한 해풍만 뇌성처럼 우는구나
등잔불 아래 홀로 앉아 주역을 읽나니
한번 흘러간 세월은 돌아올 길 없구나

그런데 이 무슨 변고요 날벼락이란 말인가? 그가 남해에 안치된지 겨우 한 달도 되지 않아서 사위 이이명이 경북 영해로 귀양을 떠났고, 이보다 더한 애통한 소식은 숙부인 김익훈이 관가에서 매를 맞아 죽었으며, 조카들도 하나같이 유배되었던 것이다. 그리하여 장조카는 중죄인이나 가는 제주도로 유배되었으며, 작은 조카는 거제도로, 셋째 조카는 그와 멀지 않은 진도로 유배되었다니 이는 멸문지화! 아니 멸문유배라고나 할까? 그리하여 가슴을 찢고 심장을 도려내는 듯한 그의 가족애의 아픔과 한은 엉뚱하게 이런 호쾌한 시로 탄생했던 것이다. 그는 다시 먹을 갈고 붓을 들어 한 장 한지에 일필휘지로 써내려 갔다.

푸르고 아득히 세 섬은 구름 끝에 있고
두류산 봉래산 한라산이
서로 가까이 닿아 있구나

삼촌과 조카 아우와 형이
두루 나뉘어 차지하고 있으니
누가 보면 신선 같다 하겠구나

 말하자면 억울하게 온 가족이 유배지로 풍비박산이 된 서글픈 심정을 이렇게 역설적으로 노래했던 것이다. 그러나 긴 겨울이 가면 삼라만상이 새 생명으로 깨어나는 봄이 오듯이 남해의 봄은 한발 앞서 찾아왔다. 아직도 매운 해풍 속에 동백의 붉은 꽃망울이 부풀었고, 돌담가에는 냉이가 파릇한 싹을 텄다. 그리고 농부들은 겨우내 녹슨 쟁기를 황소에 매어 밭갈이에 나섰고, 여인네들은 호미를 들고 밭이랑에 곡식을 뿌렸다. 하지만 그는 게으름뱅이처럼 골방에서 나오지를 않았다. 다만 또다시 과거를 준비하는 유생처럼 오로지 책을 읽고 글씨를 쓸 뿐이었다.
 "아이고메! 신선이 바람떡을 먹고 구름똥을 싸고 산다더니, 저 귀양쟁이가 안 그렁가잉? 강남갔던 제비도 돌아와 저러코롬 울어쌓는디 농사일엔 안중에두 없구시리 뭘 먹고 살려나잉?"
 "어허! 걱정두 팔자랑께잉! 그 양반은 뒷곁에 옹달샘 파놓구 솔잎 따다가 피죽 끓여서 잘만 먹구 산다는구만잉!"

누구의 입에선지 이런 소문만 동네에 떠돌았는데 그래 선지 나중에는 그를 가리켜 '묵고노자 할배'란 별명으로 불렸으니, 그만큼 그는 귀양살이를 하는 다른 유배객들과는 달리 농삿일에는 안중에도 없고, 다만 굶어죽지 않을 만큼 근근히 생명을 유지하면서 오직 훗날에 전해진 〈서포만필〉〈사씨 남정기〉〈구운몽〉〈윤부인 행장〉과 같은 작품의 집필에만 필생의 힘을 쏟았던 것이다.

"비나이다! 비나이다! 억울한 누명으로 나랏님의 노여움을 사서 천만리 머나먼 남해로 귀양간 광산 김씨 충렬공의 둘째 아들 만중이! 하루 속히 죄가 풀려 돌아오길 학수고대 비오나니, 천지신령님과 성주대신은 굽어 살피옵소서!"

80줄에 들어선 그의 노모는 오늘도 장독대 앞에 정한 수를 떠놓고 간절한 비손질을 하고 있었다. 이제 아들도 50을 훨씬 넘어 노인축에 들고 보니 다른 귀양 때와 달리 걱정이 태산처럼 앞을 가렸던 것이다. 하지만 노모는 그가 유배지에서 다른 때와 달리 오로지 글읽기와 글쓰기에만 전념한다는 풍문의 소식을 듣고 아들만큼이나 목

매어 기다리는 것이 있었다. 그것은 바로 노모가 너무나 좋아하는 〈홍길동전〉 같은 재미있는 아들이 쓴 얘기책을 읽어보는 것이었다. 그래서 벌써 몇 번째나 서찰을 보내어 아들의 집필을 신신당부하기도 했다.

'만중은 보거라 어미가 꿈속에서도 그리는 내 자식이니 너도 이 어미를 그리 보고 싶어 하리라. 하지만 나랏님의 명이 지엄하니 어쩌겠느냐 다만 귀양에서 풀릴 날을 손꼽아 기다리며 대신에 너의 재조와 총기가 담긴 얘기책이라도 지어 보내면 이 어미가 널 본듯이 읽으리라. 부디 몸을 보중하면서 선비의 도는 글읽기와 글쓰기에 있으니 그 점을 명심하길 바라노라'

이런 서찰을 받은 그는 그렇지 않아도 지난 날 벼슬길과 귀양길을 오가느라 젊음을 허비하고 허송세월한 후회 속에 드디어 얘기책의 집필에 혼신의 힘을 쏟게 되었다. 그리하여 드디어 당대의 숙종 임금과 장희빈의 사화, 즉 기사환국을 얘기책으로 풀어낸 〈사씨 남정기〉를 짓게 되었으니 그 내용은 다음과 같았다.

중국 명나라 세종 때, 금릉 순천부에 사는 유희는 늦게야 아들 연수를 얻는다. 연수는 15세에 과거에 응시, 장원 급제하고 한림학사로 임명된다.

　유연수(유한림)는 덕성과 재주, 학문을 두루 갖춘 사씨와 혼인한다. 사씨가 9년이나 되어도 임신을 못하게 되자 사씨의 권유로 자식을 얻기 위해 교씨를 맞아들인다. 교씨는 천성이 간악한 여인으로 사씨를 시기한다. 그러다가 아들을 낳자 정실이 되려고 남편에게 거짓으로 사씨에 대한 온갖 모함을 한다. 교씨가 자기 아들을 죽이고 그 죄를 사씨에게 뒤집어 씌우자 유한림은 사씨를 내쫓고 교씨를 정실로 맞이한다.

　교씨는 문객인 동청과 간통하면서 유한림을 임금에게 허위로 모함하여 유배시키고 지방관이 된 동청과 함께 온갖 악행을 일삼는다. 그때 조정은 유한림에 대한 혐의를 풀고 충신을 거짓으로 모함한 동청을 처형한다. 유배에서 풀려난 유한림은 자신의 지난날의 잘못을 뉘우치고 사씨를 찾아가 자신의 죄를 사과한 후 고향으로 돌아와 교씨를 처형하고 사씨를 다시 정실로 맞아들인다.(인터넷 인용)

　이런 내용의 아들이 지은 얘기책을 접하자 노모는 유배지의 아들을 만난듯 기뻐하여 밤마다 읽고 또 읽기를 되풀이하였다

　"역시 내 아들은 천재야! 일찍이 내가 그 애의 세 살 적

부터 천자문을 가르쳐 사서삼경 중에 대학까지 떼어주었지만, 자고로 서책을 집필함은 쉬운 일이 아니거늘 참으로 자랑스럽구나!"

　그의 노모는 동네방네 아녀자들을 안방에 불러 모아놓고 마치 판소리를 하듯이 사씨와 교씨와 유한림까지 일인다역으로 신명나게 요즘말로 입체낭송을 했던 것이다. 그러니까 동네 아낙네들은 눈물반 웃음반으로 빠져들었고, 드디어 궁중의 궁녀 나인들과 양반가의 마님들에게까지 알려져 그야말로 낙양의 지가를 올렸으니, 당시 허균의 〈홍길동전〉에 이어 베스트셀러가 되었다고나 할까?

　그러나 그는 〈구운몽〉과 〈서포만필〉〈고시선〉〈윤씨행장〉 같은 저서를 지으면서 점점 건강이 쇄락해갔다. 어느덧 50줄 중반에 들어서자 유배생활로 지친 심신이 더이상 견뎌내지를 못한 탓인지도 몰랐다.

　'아아! 인생 반백년이 이처럼 뜬구름인 걸 이제야 깨닫노라! 후우!'

　그는 오늘도 자신이 집필한 〈구운몽〉을 읽으면서 더욱 허망한 삶의 덧없음에 한숨을 내뿜었다. 그리고 문득 마당가에 울타리로 둘러 심은 땡자나무의 꽃잎이 무심히 부는 바람결에 덧없이 떨어지는 것을 바라보았다.

'바로 저 탱자나무 가시 같은 세파에 찔리면서 살아온 것이 내 지나간 삶이었지! 그러다가 이처럼 남해의 고도에서 고향의 노모와 가족도 만나지 못하게 되었으니, 이는 병자호란 때 순절하시어 나를 유복자로 만든 내 아버지와 다를 게 무엇이란 말인가? 참으로 서글프고 애통하도다!'

그는 탱자나무 울타리 밖으로 저 멀리 밀려드는 남해의 파도를 망연히 바라보면서 독백처럼 중얼거렸다. 그러다가 불현듯 방으로 들어가 벼루와 먹과 붓과 종이를 들고 나와 마루에 펼쳐놓았다. 이윽고 스륵스륵 먹을 가는 그에게 쟁기를 지고 고샅길을 걸어가던 동네 농부가 말을 걸어왔다.

"하하! '묵고노자 할배' 아니랄까 벌건 대낮에 벼루질이라요잉?"

'허허! 백성의 고혈로 살아온 명색이 양반이니, 농부님네의 신성한 노동의 기쁨을 함부로 빼앗을 순 없지. 그래서 신선도 못되는 주제에 이리 신선놀음으로 지낸다오!'

그는 이런 대답을 마음속으로 중얼이며 계속 먹을 갈은 다음에 붓을 들어 며칠 동안이나 머릿속에서 맴돌던 시 한 편을 끄집어내어 써 내려갔다.

오늘 아침 어머니를 그립다는 말을 쓰자 하니
글자도 되기 전에 이미 눈물이 앞을 가리네
몇 번이나 붓을 적셨다가 다시 던져 버리는고
문집에서 남해의 시는 마땅히 빼어 버려야 하리

이 시를 쓴 날은 바로 그의 어머니의 생일날이었다. 이제 그는 붓을 내려놓자 그가 어렸을 때 어머니와 처음으로 산고랑의 밭을 매러 갔던 날이 떠올랐다 그때 그의 어머니는 고려 적부터 전해온다는 이런 노래를 가르쳐 주었다.

호미도 날히언마라난
낟가티 들 리도 업스니이다
아바님도 어이어신마라난
위 덩더듕셩
어마님가티 괴시리 업세라
아소 님하
어마님가티 괴시리 업세라

이윽고 그는 다시 한지를 펼쳐서 그때 어머니가 가르쳐

준 이 노래의 가사를 적어내려갔다. 그리고 그날처럼 마루에 쪼그리고 앉아 풀을 뽑듯이 엉금엉금 기면서 노래를 부르기 시작했다. 이때 어딘선가 어머니의 아련한 목소리가 들려왔다.

"선생아! 네가 보고 싶구나! 어서 오너라! 네 어미가 널 기다릴 때 어서 오라구…!"

"예에! 어머니! 저 지금 이렇게 가고 있습니다. 조금만 더 기다리시면 된다구요!"

그는 이렇게 외쳐 대답하면서 마루를 기어가다가 이윽고 제풀에 무너져 내렸다. 이때 웬일로 저 먼 바다의 갈매기 한 마리가 그의 집 지붕 위로 날아들어 휘이 한 바퀴 돌더니, 다시 저 멀리 푸른 파도의 바다로 사라져갔다.*

일곱.
도화인검무(刀花人劍舞)

나는 50년 넘는 작가생활에서 거의 현대소설! 그것도 최첨단의 주인공을 주로 써왔다. 그러다보니 정반대 소재인 역사소설을 써보고 싶어졌다. 하지만 종래의 역사소설을 답습한다면 의미가 없겠고 그래서 시도한 것이 삼한 일통한 신라를 배경으로 평화의 시대를 기념하는 서라벌의 무예대회에 계백의 아들이 살았다는 가정하에 썼는데, 현대소설을 집필할 때보다 훨씬 즐겁고 필력도 잘 풀렸던 것이다.

창작 메모 – 계백이 마지막 황산벌의 전투에 출전하며 가족을 먼저 베고 나갔다는 일화는 역사의 정설로 알려졌지만 나는 도저히 수긍할 수 없어 계백의 집에서 몸종으로 살던 여인이 자신의 자식과 바꿔치기하여 살아난 계백의 아들이 백제를 다시 찾고자 무예대회에 출전한다는 가설을 세우니 이런 퓨전소설이 탄생했다고나 할까?

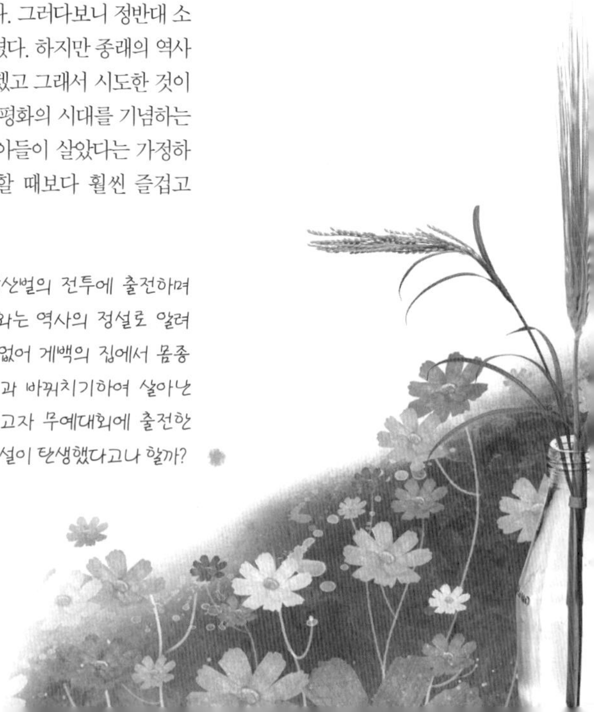

도화인검무 (刀花人劍舞)

"니하오! 우리는 신국(신라)이 아국(我國) 대당국(大唐國)의 황상이신 고종 피샤(폐하)께옵서 하해같은 은총으로 소정방 장군을 파견하여 백제와 고구려를 멸망시킴으로써 신국이 삼한일통의 대업을 이루게 했음을 기쁘게 여기노라! 이제 그로부터 10여 성상의 세월을 보내고 태평성대를 노래함에 신국의 강호에서 무술을 연마한 검객들을 모아 〈신국검무대회〉를 개최함에 축하사절로 왔음을 기꺼워 하며 이제부터 대당 무예단이 본 대회에 앞서 축하공연을 펼치노라!"

때는 신라 문무왕 즉위 14년 연간에 서라벌 왕궁의

후원인 안압지에서 특설수변무대를 설치하고 왕과 일족 그리고 신하들은 물론 백성들까지 구경꾼으로 참여하여 일대 장관을 이루고 있었다.

"오매나! 당나라에서까지 사절단이 와서 축하공연을 한다하니 이런 구경은 아마도 우리 생전엔 처음이자 마지막일겝니더."

"우째 그런 당치도 않을 소릴 합니꺼? 저눔들은 아마도 우리 신국을 즈그들의 속국이라 얕잡아 보고 저런 방자한 말을 지껄이는 겁니더!"

이때 관중속에서는 이런 불평이 쏟아져 나왔는데 다음 순간 경연장 무대에 훈, 호금, 비파, 요고, 편종, 디즈, 차이홍, 고금, 고쟁, 종, 북 같은 악기를 연주하는 당나라 악공들이 자리를 잡고 앉자, 이윽고 무대의 막이 활짝 열리면서 무예검객들이 도열한 장관이 드러났다.

"자! 그럼 축하공연은 〈대당태평무〉입니다!"

6척장신의 진행자가 우뢰같은 목소리로 외치자 백의와 흑의의 당나라 의상에 치렁치렁한 머리칼을 상투처럼 올려붙인 젊은 남자 무예인들이 구름처럼 뛰쳐나왔던 것이다. 동시에 악공들의 연주가 우렁차게 울려퍼지니 참관인들의 넋을 빼기에 충분했다.

"만리장성을 넘어 침범하는 흉노족을 무찌르는 검무이외다!"

순간 9척 가량의 통나무를 세워든 험상궂은 사내들이 나와 열을 맞추자 뒤따르던 무예검객들이 단숨에 고공술(高空術)로 통나무에 뛰어올라 마치 원숭이가 나무를 타듯이 이리저리 날아들며 검무를 겨루는데 바라만 봐도 숨을 쉴 수 없게 관객을 긴장시켰다.

"다음은 변검술로 무예를 다투는 순서요!"

그러자 검객들은 도포자락 소매에서 변검탈을 꺼내어 순식간에 머리에 쓰고 마치 경극같은 재주를 선보였는데, 신국인들로서는 난생 처음보는 구경거리여서 더욱 숨도 못쉬고 그들의 변검술에 빠져들었다. 그도 그럴 것이 손도 쓰지 않고 고갯짓만 하면 수많은 탈의 얼굴이 순식간에 바뀌곤 했던 것이다.

"하모! 저게 사람의 재조란 말이오? 정녕 귀신을 곡하게 만드는 신술이지 뭡니꺼?"

"역시 저래서 대당국이 아닙니꺼? 그런 대당국을 움직여 태종무열왕께선 삼한을 일통하셨으니 새삼 위대하옵신 왕이시지요!"

암튼 이처럼 관중들의 혼을 쏙 빼놓는 〈신국검무대회〉의

축하공연이 끝나고 드디어 신국의 무예경연이 시작되었다.

"자! 그러면 본 경연에 들어가서 먼저 신국의 화랑도 검무 예선전에서 우승을 차지한 〈서라벌화랑도검무단〉의 경연이 있겠습니다."

이윽고 진행자의 쩌렁쩌렁한 목소리가 울려퍼지자 신라의 6부인 양부, 사량부, 모량부, 본피부, 한기부, 습피부의 예선전에서 선발되어 하나의 연합팀을 이룬 〈서라벌화랑도검무단〉 6인조 검객들의 기상천외한 검무가 펼쳐졌던 것이다.

"우와! 저 화랑들은 사내입니꺼? 색씨입니꺼?"

"정말 너무 예뻐서 구별이 안 갑니더!"

그도 그럴 것이 상투처럼 정수리에 트레머리를 하고 묶은 비단끈은 화려한 꽃자수를 놓았고, 얼굴은 백분을 발라 아가씨보다 더 고왔으며, 입술은 연지로 붉게 칠했고, 당나라에서 수입한 비단으로 지은 의상은 너무나 하늘하늘 나부껴서 마치 금방 하늘에서 내려온 선녀를 연상시켰던 것이다.

"오매나! 머스마들이 저리 에려가지구 어찌 검무를 겨룬단 말입니꺼?"

"뭔 소리라예? 일찍이 백제와 황산벌에서 싸울 때 우리 신국의 화랑인 관창은 소년병사로 전사하여 우리 신군의 사기를 북돋아 승리로 이끌지 않았습니꺼?"

 이런 관객의 술렁임속에 드디어 〈서라벌화랑도검무단〉 6인조의 검무가 펼쳐졌으니, 〈세속오계〉를 주제로 담은 그들의 검무는 무시무시한 칼싸움인가하면 아름다운 춤사위를 펼치기도 했던 것이다. 그런데 마무리가 너무도 어이가 없었으니...!

 "아앗! 저건 검무가 아니라 살생을 하려는 것 아닙니꺼?"

 "글쎄예! 마치 전장터에서 적군과 죽기살기로 싸우는 것 같아예!"

 아닌게 아니라 3인으로 편을 가른 그들은 서로 검은 휘둘러 의상의 허리띠를 잘라 속옷을 드러나게 했으며, 심지어 겉옷을 발기발기 찢어내어 속옷만을 입혀놓으니, 마치 첫날밤에 신랑이 옷을 벗은 것 같아 더욱 관중들의 시선을 끌어모았던 것이다.

 "이얏! 우리의 승부는 음경낭 주머니를 먼저 벗기는 편이 이기는 것이다!"

 당시에 신국의 무예인들은 오늘날의 팬티를 입는 대신에 음경(성기)과 음낭(고환)의 크기에 맞춘 음경낭 주머니를 오색실로 짜서 꿰차고 다녔던 것이다. 그러니까 지금 〈서라벌화랑도검무단〉 6인조의 결승은 서로 검무를 통하여 상대방을 나체로 만드는 겨룸이 되었던 것이다. 그리하여 이를 눈치챈 관중들은 숨도 못쉬고 그들의 무예를 지켜보았다.

"얍! 이 칼을 받아랏!"

"억! 어림없다카이!"

이윽고 두 편으로 갈라진 〈서라벌화랑도검무단〉 6인조 검객들은 서로 상대방이 부상당하지 않게 칼을 휘둘러 속옷을 홀딱 벗기고, 마지막 음경낭 주머니의 끈을 자름으로써 승부의 결판을 내는 것이었는데, 그 결과는 어찌되었던가? 마치 닭장에서 닭들이 족제비의 침입으로 풍기듯이 서로가 휘두르는 검무에 온통 속옷이 발기발기 찢기어 마지막 허리에 맨 음경낭 주머니의 끈마저 서로 똑같이 잘렸으니, 〈서라벌화랑도검무단〉 6인조의 우람한 음경낭은 만천하에 노출되고 말았던 것이다.

"하핫! 하하하! 과연 신국 화랑들의 늠름한 자태로다!"

이에 왕과 일족 그리고 신하들을 위시한 수많은 관중들은 가갈폭소를 터뜨렸고, 대당국의 축하공연 사절단도 폭소를 참지 못했는데, 이때 무대 위에서 비단천이 펼쳐 떨어져 〈서라벌화랑도검무단〉 6인조의 나신을 감춰주었던 것이다.

"역시 우리 신국의 〈서라벌화랑도검무단〉은 놀라운 재조를 보여주었습니다. 만장하신 관중 여러분의 큰 박수를 부탁하오며, 이번엔 제민(백제 유민) 대표3인조의 〈도화인검무〉를 보여드리겠습니다."

그때까지 〈신국검무대회〉의 대기실에서 이런 상황을 지켜보던 해무와 물치와 도화 3인조는 서로 눈짓으로 결의를 다지며 무대를 향해 걸어나갔다. 이때 그들은 미리 쳐놓은 동앗줄에 사뿐 뛰어올라 광대의 줄타기로 성큼성큼 걸어나가니 관중의 이목을 단숨에 끌어모았다.

"자! 〈도화인검무〉 3인조는 등장부터 범상치가 않습니다! 큰 박수와 환호로 맞아주십시오!"

이윽고 진행자의 소개가 있자 〈도화인검무〉 3인조는 잠자리 날개 같은 세모시를 붉은 꼭두선이와 녹색 쪽물을 들여서 신국의 〈서라벌화랑도검무단〉 6인조와는 전혀 다른 의상으로 무대에 등장했던 것이다. 그리고 셋은 칡노끈에 쇠끝을 달은 줄을 무대 천정의 대들보에 던져 이 줄을 붙잡고 동시에 까마득히 솟아올랐다가 셋이서 똑같이 활강하면서 현란한 검무를 선보였다.

"으악! 저게 사람의 재조야?"
"혹시 귀신의 장난은 아닌가?"

이윽고 무대로 내려앉은 해무와 물치와 도화는 회오리바람에 휘날리듯 옷자락을 나부끼며 계속 검무를 추어대니 관중들은 눈이 휘둥글해져서 넋을 잃었다.

"이얏! 백강(백마강=오늘날의 금강)의 물결 검무로다!"

셋은 함성을 외치며 이번엔 칡노끈줄을 잡고 순식간에 해무가 도화의 치마단을 벌여 목탁을 치는 방맹이처럼 딴딴한 대물 음경을 옥문에 꿰어넣자, 도화는 제비처럼 공중에 떠서 칼춤으로 너울너울 남녀 교합의 환희를 토해냈다. 그순간 물치는 말씨바위(써커스) 단원 시절에 익힌 기술로 칼자루를 입에 물고 칼끝에 접시를 던져 돌려댔다.

"와아! 이건 신묘한 재주로다!"

"과연 제민(백제 유민)은 다르구먼!"

이때 저멀리 상석에 앉아 이를 관람하던 문무왕이 내관을 불러 물었다.

"내관! 저 검객의 신원이 제민이라 하였느냐?"

"예에! 그렇다 하옵니다."

"으음! 과연 우리 신국의 화랑과는 다르구나!"

이러한 대화를 나누는 신국의 문무왕을 바라보며 해무, 물치, 도화 3인조 〈도화인검무단〉은 문득 〈신국검무대회〉

에 출전하기까지의 추억에 잠겨들었다.

여기는 백마강 소부리(부여)에서 수십리나 떨어진 청양의 칠갑산(七甲山) 골짜기에 숨어 다 쓰러져가는 초가집에 초췌한 아낙과 열네댓 살쯤 돼 보이는 남매가 살고 있었다. 아니 두 오누이는 같은 핏줄이 아니라 머슴아는 아낙이 도련님이라 부르며 떠받드는 걸 보니 마치 부엌데기 어멈 같았다.

"데련님! 옛날에 공자께서 이르기를 나이 십오세면 학문에 뜻을 세워 지학(志學)이라 했다네유! 그런디 데련님은 여전히 글은 커녕 농사일도 안 하려 하니 어찌 사람의 도리라 허겠슈?"

"아줌니! 저를 키워 주신 것은 고마우나 뭔 잔소릴 이리 심히 합니까유? 차라리 청양 부잣집으로 머슴이나 살러 가는게 좋겠구먼유!"

어려서부터 엇길로만 빠지려하는 해무에게 아낙이 눈에 눈물을 담고 이를 악물며 말길을 돌렸다.

"데련님! 이제야 이 유모가 말할 때가 된 듯 하옵니다."

"갑자기 무슨 말입니까유?"

"실은 데련님은 백제국과 마지막 운명을 같이 하신

장군님의 아드님이시랍니다."

"예에? 지가 백제국 마지막 장군님의 아들이라구유?"

"예에! 지는 데련님의 유모였구유! 근디 신라와 당나라가 쳐들어와 우리 백제가 망할 때 마지막 전투를 위해 출정하신 장군님께서 당신의 식구들을 칼로 베구 나가셨지유. 그때 지가 이를 미리 눈치채구 제 아들을 데련님 대신으루 잠자리 이불속에 바꾸어 제 자식은 죽구 데련님을 살린거지유!"

"아이고! 아줌니! 아니 유모! 그 말이 정말인가유?"

이에 깜짝 놀란 해무가 갑자기 철이 든 듯 묻자, 아낙은 좀더 자세히 자초지종을 알려주었던 것이다.

"결국 데련님 아부지! 장군님께서는 마지막 전장터에서 장렬히 전사하시구, 지가 데련님과 제 딸을 데리구 이곳에 피난 와서 오늘날까지 살고 있는 거랍니다유."

"유모! 왜 이제야 그걸 알려 주시나유?"

"그건 데련님이 어리기두 했지만, 잘못 애기했다간 천기누설이 될까 저어해서 오늘날까지 숨기구 기다렸지유."

"아! 그런 것두 모르구 제가 이제껏 철없이 굴었구먼유?"

"아니유! 이제라두 깨달았으면 됩니다유! 그러니 앞으루 이 집을 떠나 데련님 아버님께 무술을 가르쳐 주신 사부님한테 인도해 드릴 터이니, 그곳에 가서 검술을 익혀 아버님의 원수도 갚구 백제나라도 되찾아야 헙니다유!"

"아아! 그럼 지가 유모와 헤어져야 합니까?"

"그야 어쩔 수 없는 사정이지유. 저는 이곳에 살멘서 장군님 내외분의 제사두 지내야 헝께유!"

바로 이때 부엌에서 두 사람의 이야기를 엿듣던 도화가 황급히 뛰쳐나와 어머니에게 졸랐던 것이다.

"엄니! 저두 오라버니 따라서 검술을 배우러 떠나면 워떼유?"

"뭬야? 아녀자가 워찌 칼을 쓴단 말이냐?"

"엄니! 나라에 충성함에 남녀가 따로 있단 말씀인가유?"

그러자 해무가 도화의 말을 거들어 한마디 했다.

"예에! 유모! 저두 도화랑은 친 남매처럼 지냈으니 함께 보내주세유. 그대신 우리가 크면 혼인하여 유모를 모시고 잘 살 것입니다유."

"얼라! 이런 별일이 다 있나? 어린 것들이 벌써 한 편이 됐잖나베?"

그러나 말은 이리 하면서도 아낙은 다음날 해무와 도화를 데리고 장군님의 사부가 숨어 사는 곳으로 찾아갔던 것이다.

"유모! 바로 여기도 칠갑산의 한 자락이 아녜유?"

"예에! 예로부터 칠갑산엔 일곱 장수가 나올 곳이라 하였기에 아마도 장군님의 사부님께서 이곳에 검술의 요람터를 마련하셨을 거구만유!"

그리하여 다음날 해무와 도화를 데리고 참으로 오랜만에 사부님을 찾아뵈니, 사부님은 이미 기다린 듯 반가이 맞이했던 것이다. 이윽고 자초지종을 들은 사부님께서 입을 열었다

"유모! 그래 이 아해들이 장군님 자제와 유모의 여식이란 말인가?"

"예에! 그렇사옵니다. 그간 너무 어려서 그냥 데리구 살다가 이제야 때가 된 듯하여 데려왔습니다유."

"으음! 너희들은 똑바로 듣거라! 사내 대장부가 강호에 묻혀 한 평생을 허송하는 건 삶의 도리가 아닌 법! 반드시 나라를 구해 충성해야 하느니라!"

"예에! 사부님! 명심하겠습니다유1"

"아울러 여식이라도 충성과 효도에는 차별이 있을 수 없는 법! 둘이는 이제 나의 문하생이 되어 무예를 익히도록 하거라!"

이런 통과의례 끝에 해무와 도화는 사부님의 집에 남고

유모는 돌아갔던 것이다.

"잘 듣거라! 너희 두 사람은 오늘부터 나의 문하생이 되었은즉, 내 명에 잘 따라야 한다."

"예에! 명심하여 따르겠습니다."

"그럼 우선 해무는 지금부터 저 마굿간에 가서 말똥을 물사발에 타서 끼마다 마시도록 하고, 도화 너는 나의 빨래를 흰옷은 검은 옷이 될 때까지, 검은 옷은 흰옷이 될 때까지 잘 빨도록 하거라!"

"예에? 사부님! 그 어인 말씀인가유?"

이에 깜짝 놀란 해무와 도화가 동시에 묻자 사부님께서는 벼락같은 고함으로 이런 명령을 내렸다.

"에끼! 이놈들아! 어른이 한 마디 했음 어이 받들지 않구 토를 다는고?"

"아! 예! 명하신 대로 받들겠습니다유!"

이윽고 사부님으로부터 물러나온 해무와 도화는 어찌 해야 할 지를 몰라 서로 얼굴만 마주 쳐다보았다.

"해무 오라버니! 어찌 빨래를 하면 검은 것은 희게 하고, 흰 것은 검게 빨지유?"

"글쎄다! 난 말똥을 물그릇에 타서 마시라니, 이것 참말루 난감허구나!"

하지만 이미 엄명이 떨어졌으니 무조건 따라야 하지 않겠는가? 그리하여 해무는 말의 먹이로 건초를 잘 말려서 먹였더니 말똥이 묽지 않고 마른 풀과 비슷해서 찬물에 타 먹어도 마실만 했던 것이다. 그런데 도화도 또한 꾀를 냈으니 흰 빨래는 검은옷이었다고 우기고, 검은 빨래는 흰옷이었다고 해무까지 덩달아 우기니까 사부님께서는 껄껄 웃으시며 일갈했다.

"하하하! 요런 머스마 가시나 좀 봐라! 어른 속이기를 식은 죽 먹듯 하는구나! 하지만 늬들의 잔꾀에 내가 져주는 게 약이 될 듯하구나! 그러나 목숨을 건 검술과 검무는 철칙대로 배워야 쓰느니라! 알겠느냐?"

"예에! 사부님의 엄명을 목숨걸고 받들겠습니다."

그리하여 며칠 후부터 두 사람은 사부님으로부터 온갖 무술과 무예를 연마하게 되었는데 모두가 기상천외했던 것이다.

"두 사람은 듣거라! 우선 칼을 얘기할 때 검(劍)과 도(刀) 의 차이점을 알겠느냐?"

"예에? 검과 도는 둘 다 칼이지 않습니까?"

"어허! 그건 전혀 다르니라! 부엌에서 쓰느 건 도(刀)가 되고, 나라 위해 쓰는 건 검(劍)이 되는게야! 따라서 도적이

든 칼은 도가 되고, 나라 위해 충신이 든 칼은 검이 되는 거지! 그러므로 검에는 도(道)와 예(藝)를 갖추어야 하느니라!"

그러면서 사부님은 두 사람에게 목욕재계를 시킨 후 두 자루의 검을 가져다 주면서 이렇게 말했던 것이다.

"에, 이 검은 나라에 충성하는 칼로 백제용검이라 이르니라! 10여년 전에 우리 백제가 나당 연합군의 침략으로 무너질 때, 백제의 병사들은 이 백제용검으로 싸웠던 것이다. 그러나 아무리 훌륭한 검도 나라의 기강이 썩으면 무용지물이 되는 것이니라!"

그러면서 검을 익히기 전에 몸부터 무인(武人)으로 단련해야 한다면서 우선 고공술(高空術)을 익혔는데, 마당가에 옥수수를 심어 매일 아침 자라는 옥수수를 뛰어넘는 훈련을 시켰다. 그리하여 한 척도 안 자란 옥수수가 9척을 넘을 때까지 매일 거듭 훈련을 하니까 놀랍게도 9척이 넘는 옥수수를 뛰어넘는 고공술(高空術)을 터득할 수 있었던 것이다.

"자! 검술이란 무엇이냐? 그건 검과 자신이 몰아일체(沒我一體)가 되는 것이야! 즉 검이 나요, 내가 검이니, 검이 나와 자유자재로 하나가 될 때 어느 적이라도 무찌를 수 있게 되는 거지!"

 그뿐 아니라 사부님은 다람쥐처럼 나무를 타는 목상활보법(木上闊步法)도 가르쳐 주었다. 그리하여 해무와 도화는 솔밭 위를 걸어다니고, 대나무밭에서 새가 옮겨 다니듯 휙휙 날아다닐 수 있었으니...! 그중에도 가장 검술에 활용할 수 있는 재주는 지붕에서도 검을 휘두르며 사뿐히 땅에 뛰어내리는 낙하술(落下術)이라든지, 보통 무예로서는 어림도 없는 검술과 검무를 몇 년에 걸쳐 연마시켜 주었던 것이다

 그러던 어느 날 해무와 도화가 더위를 못 이겨 칠갑산 개울물에서 미역을 감고 있었다. 어려서부터 서로 잠지(남성기)와 봉지(여성기)를 스스럼없이 보여주던 사이였기에 둘이는 처녀 총각이 된 이제도 거리낌없이 시냇물 웅덩이에서 낄낄대며 물장구를 쳐댔다. 바로 그때 저만큼 가시덤불속에 무슨 짐승의 기척이 나서 깜짝 놀란 해무가 물속의 자갈돌을 꺼내어 휙 팔매질을 하니 악! 하는 비명과 함께 해무보다 두세 살 어려보이는 녀석이 튀어나왔다.

 "야! 이놈아! 넌 누군데 우릴 엿본 것이야?"

 화가 난 해무가 뛰어가 붙잡으니 떠꺼머리에 씩씩한 모습과는 달리 양볼때기에 보조개가 옴푹 파여 아주

귀염상인데, 다부진 몸통은 더욱 튼실하여 마치 무예를 닦은 녀석처럼 보였다.

"야눔아! 넌 누구길래 여길 찾아와 엿보았느냐?"

"성(형)아야! 용서해 주시유! 제가 여길 오면 무술을 가르쳐 주시는 사부님이 계시다 해서 찾아왔구먼유!"

"뭬야? 네 놈은 누군데 여길 알고 찾아왔단 말이야?"

이번엔 도화가 앙칼지게 묻자 녀석은 눈물이 글썽하여 대답했다.

"누이야! 지는 말씨바위(써커스)에서 살았는디 나라가 망하자 우리두 망해서 거지생활을 하다가 검객이 되어 〈신국검무대회〉에 나가면 출세한단 말을 듣구 여길 찾아온 거구만유!"

녀석의 그 말을 듣는 순간 해무도 도화도 같은 처지였으므로 두 사람은 다시금 녀석을 자세히 살펴보았다. 말씨바위에서 온갖 재주를 익힌 녀석이라면 좋은 짝패가 될 듯싶어 해무가 명령하듯이 말했다.

"임마! 그렇담 내가 선배이니 너두 자격이 되나 얼른 벗어봐!"

"예에? 갑자기 벗으라뉴?"

"짜슥아! 너두 지금 우리가 발가벗은 걸 보구 있잖아?

그렁께 똑같이 벗어야지!"

"아이참! 쪽팔리지만 어쩔 수 없네유! 그럼 놀래지 말구 보세유!"

다음 순간 옷을 훌훌 벗어던지는 녀석의 배꼽 아래를 본 순간 해무와 도화는 비명을 지르지 않을 수 없었다.

"어마야! 뭔 애가 저리 크다냐?"

"어허! 정말 내 꺼의 두 배는 되겠네잉!"

"에이! 챙피허게 놀리지 마세유! 제 이름이 물치인 것은 제 꺼가 어려서부텀 가물치럼 크게 생겼다구…!"

"허허! 알았어! 넌 검객보다는 술집 계집년의 기둥서방이 되는 게 좋겠다! 하하!"

암튼 이런 웃으운 인연의 만남으로 세 사람은 3년간 사부님으로부터 검술과 검무를 익혀 드디어 신국이 삼한일통의 기념으로 개최한 〈신국검무대회〉에 함께 출전하게 되었던 것이다.

"자! 이제 너희는 내 곁을 떠나야 하느니라. 이를 가리켜 일찌기 부처님께서는 회자정리(會者定離)라 하였거늘 어찌 이를 어길 수 있겠느냐?"

삼한일통의 신국이 그 기념행사로 서라벌에서 〈신국검

무대회〉를 개최한다는 방이 전국에 나붙은 지금 강호에 숨어 검무 고수의 제자로 가르친 사부님이 해무와 도화와 물치를 앞혀놓고 말문을 열었다.

"예에! 저희두 얼마나 오늘을 기다려 온지 모릅니다유."

"아암! 소부리(부여)의 낙화암에서 꽃처럼 떨어져 순국한 삼천궁녀의 넋을 위해서라도 너희 셋은 꼭 서라벌에 가서 〈신국검무대회〉의 우승을 차지해야 할 것이야!"

"예에! 명심 또 명심하여 반드시 사부님의 뜻을 받들어 모시겠나이다!"

"하오니 사부님께선 부디 몸 보중하시어 저희가 돌아올 때를 기다려 주옵소서!"

"사부님! 막내도 성아와 누이를 잘 모셔 꼭 신국의 검객들을 쫑코먹이고 말겠나이다!"

그러자 이제 파파할매가 된 유모가 앞치마 자락으로 눈가를 훔치며 한마디 거들었다.

"야아! 부디 데련님과 내 딸과 물치 총각은 사부님의 가르침을 받들어 반다시 〈신국검무대회〉에서 으뜸상을 차지해야 할 것이구만유! 흑흑!"

"유모! 그간 키워 주신 은공을 위해서라도 꼭 목숨걸고 싸우겠습니다."

"엄니! 이년은 비록 엄니를 잘 모시지 못한 불효자식이지만 오라버니와 물치동생과 함께 나라에 충성하는 여식이 되겠구만유!"

이런 이별사로 칠갑산 골짜기의 사부님 은거지를 떠나 세 사람은 머나먼 신국의 서라벌로 괴나리 봇짐에 백제용검을 숨겨 둘러메고 길을 떠났다. 그리하여 걷고 또 걸어 낙동강을 지나 어느 주막집에 이르니 때마침 세 사람처럼 〈신국검무대회〉에 출전하는 동행들도 많았는데, 그래서 묵을 방이 모자라 셋은 한 방에 들게 되었던 것이다.

"아이구! 성아랑 한 방은 괜찮은데 누이랑은 워쩐대유? 히히!"

먼저 물치가 엉큼한 웃음을 날리며 말뚜껑을 열었다.

"이눔아! 우린 처음 만날 때부터 발가벗었는데 뭐가 대수란 말이냐?"

"호호! 오라버니 말씀이 옳아요! 우린 같은 길을 가는 검객인데 남녀가 무슨 상관이겠어유?"

"그래! 너랑 나랑은 어려서부터 함께 자랐으니 남매랑 같지 무에냐?"

"에이! 성아랑 누이는 아직두 꼭지를 떼지 않았는감유? 사람은 몸을 섞어야 하나가 되는 거라구유! 헤헤!"

이때 물치가 무슨 생각이 떠올랐는지 이렇게 떠벌이며 음침한 미소를 지었던 것이다.

"뭬야? 넌 벌써 무슨 경험이 있어서 그런 흰소리를 하는 게야?"

"오라버니! 쟤가 알고보니 발라당 까진 애 같아유! 혼 좀 내주세유! 호호호!"

도화는 그런 소릴 하면서도 왠지 이 밤에 외로움과 허전함을 느끼는 것이었다. 지금까지는 태어나 철이 없었고 아직 어려서 남녀의 운우지정(雲雨之情)을 전혀 몰랐지만 이젠 자신도 모르게 성본능을 느꼈다고나 할까? 그러자 어처구니없게도 물치가 입은 옷은 홀라당 벗어던지며 중얼거렸다.

"성아야! 난 말씨바위에서 밤에 어른들이랑 뭉쳐 잘 때면 으례 비역질을 해줬다우!"

"뭐? 비역질이라니?"

"에이! 사내들끼리 자니껜 내가 암컷 또는 수컷 노릇을 헌거쥬! 근디 그게 참 맛있당께유! 성두 나한티 한번 해보슈! 으응?"

하고 징그럽게 애교를 떠는데 이게 웬일인가? 해무의 아랫도리가 참을새도 없이 마구 부풀어 올라서 뱀장어처럼 꿈틀거렸고, 도화의 아랫도리도 스물스물 무엇인가 물어당기고 싶은 욕망에 빠져들기 시작했던 것이다.

"성아야! 내가 왜 이러구 싶은지 아세유? 그때 어른들의 비역질이 참말루 싫었는디, 이를 거절한 날의 공연에서는 꼭 줄을 타다가 떨어지던지 사고가 나더랑께유! 즉 손발이 안 맞더란 말이쥬!"

"허어? 그랴?"

"예에! 그렇께 우리두 검무대회를 앞두구 인검무(人劍舞)를 펼쳐 보잔말이유!"

"으음? 인검무라…? 그렇께 밤의 잠자리에선 요것이 검이란 말이지?"

"성아야! 그렇께 성아가 내 뒤에 해주실라우? 내가 헐까유?"

"엇! 이눔이 아주 미쳤구나?"

"맞어유! 한번 맛 보면 증말루 미쳐유! 아니! 우리 누이랑 셋이서 인검무(人劍舞)를 펼치면, 참말루 이번 〈신국검무대회〉에서 우리가 으뜸상을 받을거구만유! 왜냐하면 우린 만나서 한마음 한몸으루 뭉치게 되거니께유!"

그리하여 보름달빛이 창호지 문살로 스며드는 야밤에 누가 먼저랄 것 없이 서로의 구멍을 찾아 바꿔가며 인검(人

劍)을 휘두르다보니 거기엔 백혈이 낭자했고 사람으로 태어나 맛볼 수 있는 최고의 희열에 몸부림쳤던 것이다.

드디어 신국의 삼한일통 10여년만에 개최된 〈신국검무대회〉의 최종 우승자가 가려졌다
"오늘의 우승은 참으로 공정한 심사의 결과 제민(백제 유민)의 〈도화인검무〉 3인조가 차지했기에 이를 선포하노라!"
왕명으로 이런 결과 발표가 나자 안압지를 둘러싼 수천의 관중들은 환호성과 박수를 쳐댔다. 그리고 얼마후에 행사장은 적막속에 잠겼으며 안압지의 고요한 수면에는 어느덧 달빛만이 교교히 비치고 있었다.
그날 밤 순금 팔찌와 순금 귀고리를 부상으로 하사받은 우승자 해무와 도화 그리고 물치에게 은밀한 명이 내려졌다.
"듣거라! 우승자 3인중 해무는 왕비전의 수청을 들고, 도화는 상감마마의 수청을 들 것이며, 물치는 왕세자의 동궁으로 가서 뫼시어라! 알겠느냐?"
그러나 그날 밤 해무와 도화와 물치는 용케 서라벌의 왕궁을 빠져나와 세 마리의 군마를 훔쳐 타고 토함산의

골짜기를 돌아 제민(백제 유민)의 고향인 칠갑산을 향해 은밀히 내달렸다.

"아아! 나라를 찾는 검무가 그런 도구로 쓰일 줄이야...!"

"성아야! 이젠 검(劍)을 버리고 도(刀)를 들어야 할 세상이 된 것 같어유!"

"오라버니! 우리 향촌으로 돌아가 그냥 제민으로 살어유!"

"그려! 차라리 물치의 말처럼 인검무(人劍舞)나 추면서...!"

이윽고 세 사람은 여전히 달빛을 벗삼아 산길을 달리면서 함께 나즉히 노래를 읊조렸다.

달하 노피곰 도다샤
어긔야 머리곰 비취오시라
어긔야 어강됴리 아으 다롱디리
져재 녀러신고요
어긔야 즌 데를 드대욜셰라
어긔야 어강됴리 어느이다 노코시라
어긔야 내 가는 대 졈그랄셰라
어긔야 어강됴리 아으 다롱디리*

여덟.
창궁인검무(槍弓人劍舞)

사람이 새로운 맛에 빠지면 다시 그 길로 가듯이 내가 모처럼 퓨전 역사소설인 〈도화인검무〉를 쓰고 나서 후속작으로 쓴 것이 제목도 비슷한 〈창궁인검무〉인데 이번엔 망국 백제민 무사인 운석과 고구려 연개소문의 호위무사 딸인 무녀(武女) 감꽃낭자와의 로맨스를 그려 보았다. 그런데 이런 나의 무예소설로의 방향 전환은 케이블 중화TV에서 즐겨 본 무예 드라마의 영향도 컸다고나 할까?.

창작 메모 - 나는 항상 소설은 재밌고 주제를 담되 감동을 주어야 한다는 모토로 소설을 쓰기 때문에 이런 역사소설도 한번 읽기 시작한 독자를 놓치지 않기 위해 상당히 야한 소재를 버무리는데 여기에서도 그래서 모 잡지에 실을 때 수위를 낮춰 달라는 주문을 받기도 했으니...!

창궁인검무(槍弓人劍舞)

"아니…? 지금 저 낭자가 무얼 워쩌려는 거여?"

운석이 아리수의 지류를 건너 깊은 산숲길로 숨어든지 한 마장이나 된 이곳은 이름 모를 산새가 울창한 나뭇가지 사이를 정답게 노래하며 짝을 쫓아 날아다닐 뿐이었다. 그런데 갑작스런 말굽소리와 함께 바람같이 나타난 낭자는 무인(武人) 차림으로 어깨에 활을 멘 채 말을 탄 여궁사가 아닌가!

"성아야! 어서 피해유! 혹시 우릴 잡으러 온 지두 몰라유!"

"욤마! 이런 산속에 우릴 어찌 알구 잡으러 온단 말이여?"

"히잉! 누가 알어유? 망국 배제 사람이 왜 북쪽으루 왔냐구...?"

"그래? 그럼 우리 숨어 엿보자!"

그리하여 운석과 두껍은 얼른 근처의 찔레덤불로 몸을 감추었다. 그런데 무녀(武女)는 여간 빠른 질주를 하면서도 활줄을 당겨 거푸 산새를 향해 쏘아댔다. 순간 슈욱! 슈욱! 바람을 가르는 화살 소리와 함께 산비둘기인지 산까치인지 툭툭 땅에 떨어지는 소리가 들려왔다. 그러자 그녀는 말에서 뛰어내려 냇가의 커다란 너럭바위에 앉아 솔가지를 모아 부싯돌로 능숙하게 불씨를 피워서 새들을 굽는 노린내가 둘이 숨은 찔레덤불까지 풍겨왔다.

"와! 성아! 우리 고기 맛본 지 언젠가 모르겠는디 미치겠네유!"

철없는 열세살의 두껍이 운석의 귀에 대고 소근거렸다.

"욤마! 우리가 거지냐? 고기맛이 나두 참어야지!"

"에이! 저 누나는 여잔께 새고기를 굽거든 뺏어먹자! 성아! 으응?"

그런데 말소리가 커져서 운석은 두껍의 입을 틀어막으며 주의를 주었다.

"쉿! 조심해!"

"치이! 성아는 배 안 고파?"

이윽고 새고기를 다 구운 낭자는 머슴아처럼 게걸스럽게 새고기를 먹어댔다.

"성아! 난 못 참겠어! 그냥 새고길 달라구 졸라 볼거야!"

참지못한 두껍이 찔레덤불을 빠져나와 일어서자 무녀 낭자가 날쎄게 활에 화살을 걸며 소리쳤다.

"누구얏! 산적이면 손들고 나왓!"

이에 깜짝 놀란 두껍이 도로 찔레덤불로 숨자 무녀 낭자는 운석 쪽을 향하여 화살을 당겼다. 순간 바람을 가르며 화살이 날아오자, 역시 놀란 운석이 4지창을 들어 방패막 삼아 화살을 막았다.

"아니! 낭자는 누군데 함부로 화살질인게유?"

"무시기 어째? 남을 훔쳐 본 간나이들이 외려 큰소리야?"

잠시 후 운석 앞으로 다가온 무녀 낭자는 의외로 자신과 같은 무인의 모습에 안심했는지 긴장을 풀며 말했다.

"초면에 하마터면 큰일날 뻔 했수다. 미안합네다!"

"아뉴! 서로가 오해를 한 셈이니께 풀고 수인사나 합시다유! 난 망제(亡濟) 유민(流民) 운석이라 해유."

"아! 백제 사람! 그럼 이 몸과 같은 신세디요! 나두 망려(亡麗) 유민(流民)입네다!"

순간 두 사람은 자신도 모르게 우연히 타향에서 만난 피붙이라도 되는 듯, 깜짝 반기며 서로 머리를 숙여 인사를 나누었다.

　"아이구! 누나 땜에 지가 죽을 뻔 했다구유! 그렁께 앞으루 우리 성아한테랑 지한테두 잘 혀 주셔야 허는구먼유!"

　그동안 단 둘이 지내서 외로웠던지 두껍이 수다를 떨었다.

　"그럼 정식으로 낭자에게 인사를 허쥬. 내 이름은 운석! 엄니가 나를 낳을 제 하늘에서 별똥별이 비오듯 쏟아졌다구 해유. 그래서 운석이지유."

　"아! 그렇습네까? 근데 왜 성은 없디요?"

　"아! 그건 망국인이 돼서쥬. 성을 밝히면 멸문을 당한다고 역시 엄니께서 귀뜸해 주셨쥬!"

　그러자 무녀 낭자가 깜짝 놀라며 이런 자신의 소개를 했던 것이다.

　"아유! 어쩜 저와 비슷합네다! 제 이름은 감꽃이디요. 제가 태어날 때 마당의 감나무에서 감꽃이 흩날렸다 했디요. 역시 나도 나라를 잃어 성을 버렸다고 아바이가 말씀하셨디요."

"아아! 그렇담 우리의 만남은 참으로 운명적이네유! 둘 다 나라도 성도 잃은 사람들이니께유!"

이에 서로 반가와 자신도 모르게 두 사람이 손을 맞잡고 흔들자, 이를 지켜보던 두껍이 입을 비쭉거리며 종알거렸다.

"누나야! 나두 인사헐께유! 내 이름은 두껍이래유! 울 엄니가 나를 낳구 두꺼비 같은 아들이라구 두껍이라 했는디, 그냥 이름이 됐대유! 허지만 챙피허진 않아유! 두꺼비는 복을 주는 동물이잖유! 히히!"

"그래! 맞아! 두껍이 너는 잘 때 내 품에 안아보면 영낙없이 두꺼비처럼 오동통 귀엽거든! 하하!"

운석의 놀림에 두껍이 감꽃 누나에게 창피한지 질색을 하며 소리쳤다.

"에이! 성아는…? 내가 성아한테 안겨 잘 때 빨가벗어야 잠이 잘 든다는 것두 얘기헐라구 그러쥬? 에잉!"

"뭐여? 그걸 늬가 스스로 일러바치면 워쩌여? 암튼 두껍은 늬 말대루 앞으로 우리에게 큰 복을 줄꺼여! 하하!"

"호호! 근데 넌 몇 살이야? 덩치로 봐선 나이기 들어뵈지만 얼굴은 영 철부지니께니 말이디!"

이윽고 감꽃 낭자가 놀리듯 묻자, 두껍은 두 눈을 반짝이며 또다시 이런 비밀을 까발렸던 것이다.

"감꽃 누나! 나 얼마 전부터 말소리가 이상해 졌어유! 높았다 낮았다! 글구 코밑을 만지면 껄끄러운 시컴털이 난당께유! 헤헤!"

"하하! 감꽃 낭자! 글쎄 이 녀석이 벌써 변성기가 되구, 어른 티가 나기 시작허나봐유! 허긴 나두 그만 나이 때 어른들이 애어른이라구 놀렸구먼유!"

"호호! 전 열여덟 살인데두 아무것도 모르는 숭맥이디요. 다만 아바이한테 아주 어려서부터 기마궁술을 배워서, 어떤 새든 짐승이든 내 눈에 걸리면 영낙없이 맞출 수가 있디요!"

이윽고 감꽃 낭자가 자기 자랑을 하자 운석도 맞장구를 쳤다.

"아! 감꽃 낭자는 아버님한테 궁술을 배웠구먼유? 나는 백제 부여에 살멘서 사부님한테 무술을 배웠지유. 참 내 나이는 스물한살인디 어른들은 애늙은이라구 놀리지유!"

운석이 길게 자신을 소개하자 두껍이 감꽃 낭자의 귀에 대고 속닥거렸다.

"감꽃 누나! 난 성아에 대해 다 알어유! 성아는 사내가 젖통두 크구 배꼽두 크구...!"

순간 운석은 너무 어이가 없어 두껍의 입을 틀어막으며

꾸중했다.

"욤마! 그게 뭔 소리여! 당장 입 다물지 못혀?"

그러자 두껍은 다람쥐처럼 튀어달아나며 아주 큰소리로 고자질했다,

"헤헤! 성아는 아래는 더 큰걸유! 내가 자다 깨어 몰래 만져봤지롱! 히히!"

이에 너무 기가 막혀 얼굴을 붉히는 운석에게 감꽃 낭자가 미소를 지으며 말했다.

"호호! 애들 땐 다 짖궂디요! 내 막내동생두 나에 대해 동네사람들에게 엉뚱한 소릴 하구 댕긴걸요!."

상황이 이리 돌아가니 운석은 자리에서 벌떡 일어서며 말했다.

"감꽃 낭자! 이제 날두 저무는디 어디루 가야 할까유?"

"아뇨! 이곳 지리는 내가 잘 알디요! 저기 바위너덜에 나당군과 우리 고구려가 싸울 때 만들어진 동굴이 있으니께니, 오늘 밤은 거기서 유숙해도 좋을 겁네다."

"아! 그런가유? 잘 됐군유. 우리 특별한 인연으루 만났으니, 망국의 한을 풀기 위해 함께 거사할 일을 찾아보자구유!"

이리하여 세 사람은 가지고 다닌 솥에 밥을 짓고

냇물에서 잡은 물고기랑 밑반찬으로 저녁을 먹고, 폐허가 된 동굴에 들어가 누웠다.

"성아야! 누나야! 오늘은 내가 사이에 끼어 잘꺼유! 난 두 사람 다 좋으니께! 해해!"

이렇게 엉너리를 치며 초저녁부터 잠자리에 든 두껍은 금방 코를 골아댔다. 그래서 운석과 감꽃 낭자는 두껍의 양쪽에 누워 말을 이었다.

"그래 감꽃 낭자는 어떤 사연으로 아곳에 오게 되었나유?"

"아니 제가 먼저 묻디요. 운석 공자는 망제의 신분으로 왜 이곳 고구려 땅으로 왔는디요?"

그러자 운석은 한참이나 침묵을 지키다가 결연히 털어놓았다.

"예! 여기두 방이 나붙었는지 모르겠습니다만, 지금 일통신라에서는 이를 기념하는 무술대회를 열지유! 그래서 망국의 처지가 같은 망려(亡麗) 무녀를 만나서 함께 무술조를 결성하고자 찾아 온 거지유!"

"아! 실은 저도 그래서 남쪽 백제 땅으로 가기 위해 이곳을 지나던 참이었디요!"

순간 두 사람은 자신도 모르게 서로 손을 맞잡으며

소리쳤다. 그러다가 그만 가운데 잠자고 있는 두껍의 몸 위로 엎어지고 말았다.

"아악! 이게 뭐래유? 내 이럴 줄 알았당께! 헹!"

여기는 망국 백제의 수도 부여의 부소산 골짜기에 숨어있는 초막집! 운석을 떠나보내고 홀로 집을 지키는 모친이 아침부터 귀한 손님을 맞기 위해 집안 쓰서리(청소)를 하고 곰나루에 나가 백마강에서 잡은 잉어를 사다가 고아놓고 손님을 기다리고 있었다.

"웬일이랴? 집 떠난 운석이를 위해 사부님이 할 말씀이 있다구 일찍 우리집에 오신다더니? 언제나 오실라구 이리 애를 태우시는구...?"

운석의 모친은 자주저고리에 초록치마를 펄럭이며 집안과 마당을 들락거렸다. 이때 저 만큼에 낡은 무술복을 입은 사부님이 성큼성큼 걸어왔다.

"아이고! 사부님! 이제 오십니까유? 어서 안으루 드시지유!"

"으음! 운석 모친! 그간도 무고하셨지유?"

"예에! 덕택에 별탈없이 지내구 있지유!"

"그래. 운석인 길을 떠났습니까유?"

"야! 사부님께서 시키신대루 봇짐을 싸서 벌써 출발을 시켰지유!"

"근디! 이번 무술대회에 함께 나갈 짝꿍을 잘 찾아야 헐텐디...!"

걱정스레 혼잣말하며 사부님은 쿵소리나게 마루에 걸터앉았다.

"글쎄유! 지두 그게 걱정이 되는구면유! 두껍이랑 아마두 북쪽 망려(亡麗) 땅을 헤맬듯 듯 싶네유!"

"으음! 하늘이 무심치 않다면 우리의 이 간절한 망제에 대한 소원을 생각해서라두 좋은 짝꿍을 만날 것이구면유!"

"에유! 사람의 장래는 팔자에 달렸으니 우선 사부님께선 찬은 없지만 아침을 드시지쥬! 그러니 어이 방으로...!"

그리하여 사부님은 안방으로 들어가 밥상이 들어오자 스스럼없이 아침을 먹기 시작했다.

"근디 우리 애가 그런 큰 무술대회에 나갈만큼 실력이 되는지 걱정이 태산같구면유!"

다음 순간 수심이 가득찬 얼굴로 운석의 모친이 사부님을 향하여 한숨섞어 말하자, 사부님이 고개를 가로저으며 대꾸했다.

"그런 걱정은 하지 마시지유! 운석이 나한테 무술을 닦은

지가 댓살 때 부터이니, 이젠 창술이 도술이 됐다고 자부해도 될 것이구만유!"

"모두가 사부님의 은덕입지유! 생각허면 나라를 잃은지 20년이나 되었으니 그 한을 워찌...! 오직 우리 운석이 그 원한을 갚아야 헐텐디유!"

"허어! 원통한지고! 나라의 존망아 그리두 허망하게 나당연합군의 말발굽에 짓밟혀 무너진 후, 이제는 망제의 설움속에 살아두 죽은 목숨! 허나 다행히 삼한일통의 기념으루 서라벌에서 무술대회가 열리니, 우리 같은 망제 유민이 기회를 엿볼 수 있게 된 것이지유!"

"야아! 이 몸도 비록 궁녀루 들어갔다가 감히 성은을 입어 운석을 삼신할머니께 점지받았으니...!"

"쉿! 운석 모친! 밤말은 쥐가 듣구 낮말은 새가 듣는다 했으니 다시는 입두 뻥긋 마시유!"

"아참! 이 에미가 잠시 정신줄을 놓았나 봅니다유! 그때 그 천기누설을 함부로 발설했다면 중전한테 이 목숨뿐 아니라 운석의 생명도 부지하지 못했겠지유! 다시는 천기누설을 막기 위해 혀라두 깨물어야 헐까봐유! 사부님!"

"휴우! 내가 백제의 훈련대장으로 계백 장군의 6천 병사들한테두 무술을 가르쳤구, 특히 우리 백제의 보검인 7

지검을 본따서 단번에 수십명 적들의 명줄을 끊을 수 있는 4지창을 만든 것도 나인데, 운석한테 무술을 오직 잘 가르쳤겠습니까유?"

"예에! 다행히 운석이 무술에 재주가 출중하여 조자룡의 칼솜씨보다 더 뛰어나다구 사부님께서 칭찬해 주셨지유!"

"암만유! 하늘이 이 나라의 명운을 다시 한번 살려 주실려구 그런 용맹한 아드님을 주셨지유."

"근디 그런 4지창술을 우리 운석에게 가르쳐 주셨으니, 서라벌 무술대회에서 신라의 화랑도들까지 다 물리치구 으뜸상에 오를 수 있겠지유?"

운석의 모친은 사부님을 애절한 눈으로 바라보며 간곡히 물었다. 그러자 사부님이 숯검댕 눈썹 위 이마에 우왁스래 그어진 이맛살을 찌프리며 대꾸했다.

"운석 모친께선 안심하셔도 되실 겝니다유. 4지창을 휘두르며 비호처럼 날아 지붕까지 뛰어오르는가하면, 표적 삼은 산 사람을 다치지 않고 4지창으로 머리칼만 잘라내는 그런 무예 솜씨는 아마두 세상천지엔 없을텡께유!"

"물론 집 떠나기 전에 사부님께서 최종 연습을 시킬 때 참관했읍조만 참으로 보는 이의 혼을 뺄만큼 신묘한 4지창술 솜씨였지유!"

"나도 평생을 백제의 군사를 훈련시키는 자리에 있었지만, 그런 탁월한 무술 솜씨는 보지 못했지유!"

"증말 내 자식이라서가 아니라 어쩌면 망국의 한을 품구 떠나신 계백 장군과 비할만큼 빼어난 무술이 아닌가 싶구먼유!"

어느새 운석 모친은 자식 자랑에 취해 사부님 앞에서 기고만장했는데, 차마 그런 모정을 나무랄 수는 없었다고나 할까?

"물론 4지창술 뿐만 아니지유! 검술도 이에 못지 않으니 한번만 검을 휘두르면 상대방의 칼을 댕강 부러뜨리고, 특히 빨랫줄에도 뛰어올라 4지창을 휘두를 땐 날아가는 새도 떨어뜨리는 그야말로 백제의 신창(神槍)이지유! 하하!"

이제는 사부님도 자신의 제자 자랑에 입에 침이 마를 지경이었던 것이다.

"근데 우리 운석이 출전하는 무술은 무엇인가유?"

"무술대회의 종목에는 여러 가지가 있지만 남녀조가 최고지유! 그래서 남녀조에 나가기로 나와 약조했답니다유."

"아하! 그렇께 고구려의 지집년 무사를 찾아 북쪽으로 떠났구먼유. 그렇다면 고구려엔 활 쏘는 궁술이 뛰어나다는디, 특히 활은 여자들이 잘 쏘니께 짝꿍만 잘 만나면 으뜸상은 따놓은 당상이겄지유?"

"하하! 벌써부터 김칫국 마신다 할까봐 좀 뭣합니다만, 아마두 신라왕이 깜짝 놀라겠지유? 망제와 망려의 남녀조가 출전할 줄이야 꿈엔들 상상할 수 있었겠습니까유?"

"예에! 사부님! 지금쯤 우리 운석은 어디서 무술 짝꿍을 찾아 헤멜지 궁금하네유!"

"글쎄유! 아마두 그건 하늘이나 알지 우리 사람이야 어찌 알겠슈?"

이제 운석 모친과 사부님은 서로 궁금증에 속이 탈 뿐이었다. 그리고 부소산을 휘감아도는 백마강은 오늘도 변함없이 쪽빛으로 흘러갈 뿐이었다.

"그렇께 감꽃 낭자도 나같은 사람을 찾으려 한단 말이쥬?"

깜짝 놀란 운석이 감꽃 낭자를 향해 묻자 그녀는 초롱초롱한 눈동자를 어둠속에 빛내며 대답했다.

"서라벌에서 해마다 열리는 무술대회가 올해도 강호의 무인들을 부른다는 방이 나붙었으니, 이제 나도 나설 때가 된거디요!"

"나 역시 그래서 고구려의 숨은 무술 낭자를 찾아 나선 길이였지유!"

두 사람은 자고 있는 두껍을 사이에 두고 계속 말을 이어갔다.

"긴데 운석 공자는 무술 종목이 무엇입네까?"

"아! 나는 우리 백제의 보검 7지검에서 본딴 4지창을 택했지유."

"오! 그렇군요? 나는 우리 고구려의 전통 무술인 기마궁사로 출전할 작정이요."

"기마궁사라면 말을 타고 달리면서 백발백중 활을 쏘아 맞추는 무술이지유?"

"맞습네다. 실은 우리 아바이께서…!"

감꽃 낭자는 여기까지 말하고 나서 잠시 입을 다물었다. 그리고 다시 한번 석운의 얼굴을 바라보며 따스한 눈빛을 보냈다. 그 바람에 운석은 자신도 모르게 손을 뻗어 그녀의 얼굴을 감쌀 뻔했다.

"저어 실은 우리 아바이는 고구려 대막리지의 호위무사였디요. 그래서 저는 어려서부터 말타기를 좋아했구, 말에게 여물을 주었디요."

"아! 그래서 기마궁사가 됐군유?"

"예에! 하디만 그건 아무나 배울 수 있는 무술이 아니디요. 먼저 말과 친해야 하는데, 가장 좋은 방법은 말이 태어날 때부터 키워야 말이 그 사람을 제 어미로 알고 친하게 되디요!"

"참! 짐승들은 세상에 태어나 맨먼저 만난 상대를 어미로 착각한다구 허쥬? 그래서 우리 고향에선 짐승을 키울때 손때를 타야 잘 자라구 또 따른다구 해유."

이제 운석과 감꽃 낭자는 밤이 새는 줄도 모르고 얘기에 빠져들었다.

"그럼 아버지께서 대막리지의 호위무사셨으면, 지난 나당 연합군의 침공 때 어찌 되셨나유?"

"이미 대막리지께선 먼저 세상을 뜨셨구, 남은 군사들은 나당 연합군의 침공을 막다가 결국은 모두 전사하셨디요. 그때 아바이께서 저에게 유언하시기를...!"

"유언을...?"

"그랬디요. '감꽃아! 이제 나라의 운명이 다한 듯하구나! 하디만 비록 망국의 유민이 되더라도 국권 회복을 위해 기마궁사로서 적국 신라에 복수할 기회를 찾아야 할 것이야! 알겠느냐?' 이런 유언을 남기고 눈도 감지 못한 채 이승을 뜨셨디요. 휴우!"

긴 한숨과 함께 감꽃 낭자는 눈물을 주르륵 흘렸다.

"음! 듣고 보니 낭자의 회한을 알겠구먼유! 근디 여자로서 기마궁사가 되는 건 쉽지 않았겠지유? 물론 아버지의 피를 물려받았겠지만…!"

"기리티요. 하지만 원래 궁사는 간나이보다 에미나이가 더욱 잘 쏘는 것이 우리 고구려디요. 다만 역사에는 유리왕을 비롯해 남자들만 기록되었을 뿐이디요!"

"그러니까 감꽃 낭자는 아주 어려서부터 궁술과 기마술을 배웠구먼유?"

"예에! 제가 아버지의 핏줄을 받았는지 기마궁술대회에서 으뜸상을 받기도 했디요!"

"아! 대단하군유. 난 다만 백제의 훈련대장을 하신 사부님한테서 배웠을 따름이라구유!"

"그러니께니 나는 어려서부터 익힌 말타기와 활쏘는 궁술을 배워 기마궁사로서 이제 신라의 〈삼한일통 기념 통일신라 전국무술대회〉에 출전하려구 맘먹게 됐디요."

"좋습니다유! 우리의 만남은 하늘의 뜻이니, 이제 서라벌로 가서 함께 무술대회에 출전하자구유!"

그리하여 날이 밝자 지닌 양식으로 밥을 짓고 반찬은 다시 냇물에서 잡은 물고기를 조리하고, 산밭에서 오이와 가지를 서리하여 아침식사를 마련했다.

"이건 땀 흘려 농사지은 주인에게 죄가 되지 않을까유?"

운석이 묻자 감꽃 낭자가 웃으며 대꾸했다.

"호호! 날마다 맺는 오이와 가지인데 몇개 따먹는 건 고수레로 치부해도 될께우다. 훗날 기회가 되면 갚디요!"

그러자 두껍이 한 마디 끼어들었다.

"성아야! 누나야! 과일이 너무 많이 열렸을 땐 따주듯, 남은 오이랑 가지두 더 크게 잘 자라면 됐지유!"

"하하! 그래? 두껍아! 넌 어린 녀석이 어찌 그리 능청스럽냐? 입만 살아서 우릴 웃긴께 배가 더 고프잖여?"

운석의 나무람에 감꽃 낭자도 가세하였다.

"호호! 두껍아! 넌 하는 말마다 웃기디 뭐야? 너 그러면 내 궁술의 표적으로 삼을거야! 알겠디?"

"어? 누나! 나를 표적으루 쓰면 화살에 맞아 죽으란 말인감유?"

"오! 우리 귀염둥이 두껍을 화살받이로 하다니? 그런 걱정은 마! 누나의 활솜씨는 네 머리 위의 표적만 딱 맞출 테니깐! 알갔디? 호호!"

그러자 이번엔 두껍이 해맑은 웃음을 날리며 말했다.

"에이! 하필 내 머리 위에 표적을 놓고 활을 쏴유? 난

싫어유! 대신 성아를 세워놓구 쏴야 더 좋은 성적이 나올꺼 구만유! 암만해두 누나는 나보다 더 좋아하는 성아를 위해 활을 쏴야 더 잘 쏠 것 아닌감유?"

세 사람은 이런 얘기를 주거니 받거니 하면서 신라의 서라벌을 향해 감꽃 낭자의 말에 함께 올라타고 달렸어도 얼마나 걸릴지는 기약할 수가 없었다.

"근디 이리 가다가는 언제 서라벌에 도착할지 몰러유! 감꽃 낭자! 좀더 빨리 말을 달리는게 워떼유?"

이윽고 운석의 채근에 두껍이 의뭉스러운 소리를 했다.

"그럼 우리 얼른 말에서 내려 오줌부터 누고 가유! 셋이 오줌만 빼두 말이 훨씬 가벼워질텡께유!"

이리하여 운석과 두껍은 길가에 서서 바지춤을 내리고 오줌을 누었고, 감꽃 낭자는 저만큼 논뚝 너머에서 오줌을 누었던 것이다. 잠시 후 다시 말에 오른 세 사람은 홀가분히 말 안장에 앉아가다가 두껍이 쫑알거렸다.

"얼레리 꼴레리! 난 봤지유! 성아의 거시기가 발끈 성냈단 말유! 지가 밤에 자다가 몰래 만졌을 때 보담두 훨씬 컸구 먼유! 히히!"

"엣기! 욤마! 누나 앞에서 무슨 망발이야? 당장 입 닫지 못혀?"

짐짓 화가 난 운석이 나무랐지만 두껍은 더욱 망신스런 비밀을 폭로했다.

"누나! 다 애기해 줄께유! 성아는 가끔 흰오줌두 싼대유! 헤헤!"

"어허! 너 정말 생사람 잡을래? 감꽃 낭자! 얘를 어쩌면 좋지유?"

"아유! 제가 뭐 압네까? 애들 까부는 건 어디나 똑같지 뭐예요? 우리 막내동생도 이렇게 셋이 말탄 걸 보문 아마 날더러 바람났다구 부모님께 고자질할 겁네다! 호호호!"

암튼 이런 웃음길로 드디어 남쪽땅 끝자락의 서라벌에 당도하니, 신라 궁성의 위용은 너무나 으리으리해서 운석과 감꽃 낭자와 두껍의 기를 팍 죽여놓았다고나 할까? 동네마다 썩은 지붕의 초가집 뿐 변변한 기와집도 구경할 수 없던 일반 백성의 세상에서 서라벌은 완전히 딴 세상으로 바둑판 같은 큰길이 사방팔방 뻗어있고, 굴뚝 연기의 그을음에 기와집의 목재가 더럽혀질까봐 숯으로만 밥을 해먹는다는 서라벌은 세 사람을 더욱 놀라게 했던 것이다.

"우와! 우리 백제의 부여는 아직도 전쟁으로 불탄 채인디, 여긴 꿈속의 나라같지 뭐래유?"

"정말 우리 고구려 평양성도 한때는 이보다 더 컸는데

지금은 모두 폐허가 됐디 뭡네까?"

"암만유! 그래서 서라벌엔 당나라, 왜국, 심지어 저 머나먼 서역의 색목인들까지 내왕을 한다지 뭐유?"

서라벌 왕성을 둘러본 세 사람이 묵기 위해 변두리에 위치한 객주집을 잡아 짐을 풀으니 갑자기 피로가 몰려왔다. 그래서 세 사람은 한방에 아랫목 윗목으로 나뉘어 눈을 붙이게 되었다.

"성아야! 누나야! 내 자리는 둘 사이예유! 예로부터 남녀칠세부동석이란 말이 있잖유? 헤헤!"

"얼씨구? 너두 열세살이니께 부동석이여! 그렁께 너야말루 밖의 툇마루로 나가 자렴!"

짐짓 운석이 정색을 하며 말하자 감꽃 낭자가 맞받았다.

"운석 공자는 남녀칠세부동석의 세배 나이니, 두껍보다 먼저 이 방을 나가야디요?"

"하하! 그럼 싸울 것 없이 우리 함께 누워서 자유. 두껍아! 넌 내 옆에 눕되 방 벽쪽에 누우렴. 내가 가운데를 차지할 테니께! 난 너의 코고는 소리가 나두 자장가로 들려서 외려 잠이 잘 오거든! 하하!"

암튼 세 사람은 금방 세상 모르게 골아 떨어졌다가 겨우 눈을 뜨니, 객주집 여인이 저녁상을 차려 방문을 열었다.

"아고마! 객들은 어디서 왔길래 그리 잠귀신에 쉬 채어간답니꺼? 호호!"

들이민 밥상에는 기름끼 자르르 흐르는 쌀밥에 물김치, 된장찌개, 간고등어구이, 간장, 나물 등이 소반에 가득 차려졌다.

"아이고! 쌀밥을 보니 넘넘 반갑네유! 찬물은 순서가 있어두 밥 먹는덴 괜찮겠쥬?"

두껍이 후다닥 밥상에 앉아 숟가락을 들자, 운석과 감꽃낭자도 함께 시장한지 다투어 밥과 반찬을 부지런히 입으로 날랐다.

"허허! 마파람에 게눈 감춘다더니, 두껍인 낼롬 파리 채어가듯 벌써 밥그릇을 비웠구나?"

"예에! 지가 한창 크는 나이 아닌감유? 그래서 잘 때면 거시기두 크는지 근질근질 허당께유! 헤헤!"

암튼 두껍은 무슨 아이가 아무 우수갯소리나 잘도 해댔다. 그런데 저녁을 먹고 나서 아주까리 등잔불이 방안을 희미하게 비추는데, 갑자기 객주집 주인장이 방문을 열고 운석을 불러냈다.

"나그네두 이번 서라벌 무술대회에 참가하러 왔능교? 그렇다면 긴히 할말이 있심더."

"예에! 물론이구먼유! 근디 할말이라뉴?"

"아하! 잘 모를낀데예! 무술대회에서 이길라몬 거길 다녀와야 한답니더."

"네예? 거기라뉴? 워딘디유?"

"에또! 전쟁때 무사가 출전 마지막 밤에 아내와 최후의 운우지정을 나누듯, 무술대회도 미리 어떤 사고를 막는 액땜으루 화류계집엘 가는거라예!"

"아! 그런 풍속두 다 있나유?"

"하모! 여태 몰랐습니꺼? 이건 서라벌 무술대회에서 검을 쓰듯이 전날 밤엔 화류계들이랑 인검무(人劍舞)를 하는 풍습이라예!"

그리하여 운석과 감꽃 낭자는 한밤에 객주집 주인장의 안내에 따라 서라벌 토함산 근처에 위치한 화류계 객주집에 가게 됐으니, 일테면 오늘날의 창녀촌과 같았다고나 할까? 다만 현재와 다른 것은 화류계 객주집마다 남녀 화류계가 있는데 놀랍게도 신라인은 없고, 왜녀(倭女)와 왜남(倭男) 그리고 당나라 계집과 사내도 있었고, 더욱 깜짝 놀랄 일은 저 머나먼 서역국에서 건너온 색목인(色目人)까지 다양했던 것이다.

"여기서 제일 비싼 건 색목인입니더! 골라보소예!"

감꽃 낭자를 향해 권하는 객주집 주인장의 안내에 따라 상대를 고르게 되었는데, 대기실에 있는 그들은 화려한 수를 놓은 비단수건으로 그곳만 살짝 가린 채 선택을 기다렸다.

"이 사람요!"

감꽃 낭자가 고르자 함께 밀실로 들여보냈고, 운석도 예쁜 왜녀를 고르자 객주집 주인장이 말했다.

"왜녀들은 몸이 아주 왜소합니데! 대신에 맛이 색다르죠! 헤헷!"

암튼 신라 서라벌의 무술대회 풍속은 너무도 상상초월한 것이어서 운석과 감꽃 낭자는 참으로 어이가 없었으나, 반드시 으뜸상을 받아야 한다는 욕심으로 이에 따르지 않을 수 없었던 것이다. 그리하여 야심해서야 객주집으로 되돌아온 운석과 감꽃 낭자는 서로 경험담을 얘기했다.

"감꽃 낭자! 도무지 요상하게 생긴 색목인이던데 별탈 없었나유?"

"아유! 하마터면 죽는 줄 알았디요! 하지만 으뜸상을 위해 꾸욱 참았디요!"

"아! 그랬군유? 난 감꽃 낭자라 여겨 진정한 사랑을 나눴지유! 헤헤!"

암튼 이리하여 무술대회 출전을 위한 액막이를 하고서, 며칠 동안 무술연습을 마친 운석과 감꽃 낭자는 드디어 신라가 삼한일통한 기념으로 개최하는 〈삼한일통 기념 통일신라 전국무술대회〉에 출전하게 되었던 것이다.

　왕궁의 명소인 안압지에 수변무대를 설치한 무술경연장은 왕의 관람석과 맞은 편엔 수백명의 관중석으로 나뉘었는데, 드디어 무술경연이 펼쳐지자 첫 순서가 〈운석+감꽃 낭자조〉로 먼저 기마궁사 감꽃 낭자의 무술경연이 시작되었다. 그리하여 감꽃 낭자는 말을 타고 넓은 무대를 말씨바위(곡마단)의 기수처럼 전속력으로 돌면서 하늘 높이 매달린 표적판에 화살을 쏘아 정확히 맞혔던 것이다.

　"와아! 저런 신기한 기마궁사는 누군가예?"

　"저 북쪽에서 온 고구려 출신이락 합니더!"

　"오매나! 남남북녀라더니 미모도 천하일색이지 뭡니꺼?"

　드디어 감꽃 낭자가 기마궁사의 끝순서로 백보가 넘는 거리에 두껍을 세워놓고, 머리 위에 얹은 수박을 마상에서 달리며 화살을 쏘아 맞히는 무술을 선보였으니...!

　"으악! 저러다 송장 치우는 건 아닙니꺼?"

　"정말예! 저건 너무 위험합니더!"

　하지만 관객들의 이런 조바심과는 달리 감꽃 낭자가 쏜

화살은 정확히 두껍의 머리 위 수박을 계속 명중시켰던 것이다.

"앗! 여봐라! 저런 신기를 선보이는 무술 낭자는 누구란 말인고?"

이에 놀란 왕이 묻자 얼른 내관이 다가와 아뢰었다.

"예에! 북쪽에서 온 망려(亡麗) 출신이라 하옵니다."

"으음! 말로만 듣던 고구려의 기마궁사로구나! 과연 으뜸이로다!"

다음 순서는 같은 조인 운석의 4지창 무술이 펼쳐졌다. 그런데 삼베로 지은 투박한 무술복에 4지창을 들고 등장한 운석은 나비처럼 자유자재로 허공을 날으며 4지창 휘몰이 춤을 추다가, 이윽고 줄타기 장치를 해놓은 줄 위에 두껍이 날렵하게 뛰어올라 걷기를 하자, 바로 운석도 그 줄 위로 사뿐 뛰어올라 4지창을 바람개비처럼 휘두르니, 두껍의 묶은 머리가 풀어져 귀신머리가 되었고, 이어 4지창을 계속 휘둘러 머리칼을 잘라냈으니...!

"아악! 저러다 사람 목 달아납니더!"

"당장 중단시키라예! 위험합니더!"

관람석에서 난리가 나자 순간 운석은 짐짓 줄에서 뚝 떨어졌다가 다시 4지창을 짚고 허공에 솟아올라 시야에서 사라졌다. 그리고 잠시 후 다시 나타나 줄 위에 사뿐히 올라 4지창을 바람개비처럼 휘둘러 두껍의 남은 머리칼을 동자승 모양으로 깎아버리는 묘기를 연출했던 것이다. 이에 일부 관객들은 차라리 눈을 감아버리며 비명을 질러댔고, 잠시 후에 운석과 두껍이 줄 위에서 포옹하며 서로 한손을 번쩍들어 관객에게 인사하니 천지를 진동하는 박수소리가 터져나왔다. 하지만 아직 무술은 끝나지 않았고 클라이막스는 무대 천정에서 수많은 창호지가 끈에 꿰어져 사방에서 내려오자 순식간에 4지창으로 산산조각을 냄으로써 창호지 조각이 함박눈처럼 쏟아졌던 것이다.

"으악! 저건 사람의 창술이 아니야! 아마 처용신두 흉내낼 수 없을 겝니더!"

"암만예! 도무지 신라인들에겐 보지못한 무술의 달인 이라예!"

관중석에서 이런 쑥덕거림이 터져나오는 중에 다시 왕이 내관을 불러 물었다.

"여봐라! 저 창술의 신기 또한 놀랍구나! 대체 어디 백성인고?"

"예에! 망제 유민으로 운석이라는 자이옵니다!"

"으음! 계백 장군도 저런 무술엔 못 미칠게야?"

"그렇사옵니다. 오늘 무술대회는 처음부터 대성공이 아닌가 하옵니다!"

"으음! 그런데 우리 신라의 화랑들은 삼한일통 후에는 세속오계도 져버리고, 오직 환락에 빠져 무술을 게을리하니 참으로 안타깝도다!"

왕의 이런 한탄이 아니라도 이제 전쟁 걱정이 사라지자, 모두들 무기를 버리고 향락에 빠졌던 것이다.

'저런 망제와 망려 출신의 무술 고수들이라도 잘 동화시켜 통일신라 수호에 요긴히 써먹어야 할 것이야!'

왕은 내심으로 이런 다짐을 했다. 이어서 출전한 신라의 화랑 출신의 무술경연은 도토리 키재기식 놀이에 불과했다고나 할까? 드디어 〈삼한일통 기념 통일신라 전국무술대회〉의 결과는 〈운석+감꽃 낭자조〉가 으뜸상을 차지했다. 참으로 공정한 심사이며 당연한 결과였던 것이다. 이윽고 시상식에서 왕은 직접 상장을 수여하고 일갈했다.

"통일신라의 백성들이여! 이제 우리는 삼한일통했으므로 전쟁은 끝나고 평화를 얻었노라! 오늘 제인과 려인이 으뜸상을 받은 바, 이 한쌍의 무술 달인을 성혼시켜 짐의 호위무사로 삼을 것이로다! 그러니 앞으로 두 사람은 우리 통일신라를 지키고 짐을 보위하는데 충성을 다 바쳐야 할 것이야!"

순간 운석과 감꽃 낭자는 아연실색하여 그 자리에 굳어졌다. 이런 왕명을 받드러야 할 운명이라면 감격은 커녕 눈앞이 캄캄했던 것이다.

"오호라! 신라의 무술대회에서 으뜸상으로 뽑히면 어떻게든 왕에게 접근하여 적국 신라왕을 주살하고, 백제와 고구려의 국권을 회복하려 했거늘, 오히려 신라왕의 호위무사가 되어 신라왕과 신라를 지켜야 하다니...! 후우!"

"누가 아니래? 차라리 그럴 바이면 이 무술대회에 출전도 하지 않았을 것이디요! 후우!"

객주집에 돌아온 운석과 감꽃 낭자가 한숨을 내뿜을 때 두껍이 의젓한 표정으로 말했다.

"성아랑 누나는 내 말 들어봐유! 신라왕의 호위무사가 돼두 워쩌지 못헐꺼유! 우리들 출신을 훤히 아는디 신라왕이 그런 대비두 않겠남유? 그렁께 차라리 내일 새벽에 백제 우리 고향 부여루 되돌아 가는게 워뗘유? 누나두 함께유!"

그리하여 세 사람은 밤잠을 설치다가 꼭두새벽에 눈을 뜨자마자, 말을 몰아타고 서라벌을 떠나 도망쳤다. 그래서 어디쯤인지 산길을 달리는데, 숲속에서 꾀꼬리 노랫소리가

사방에 울려퍼졌다. 그러자 감꽃 낭자가 청승맞은 목소리로 노래를 읊조렸다,

펄펄 나는 저 꾀꼬리/ 암수 서로 정답지비!
외로울사 이내 몸은/ 뉘와 함께 돌아가디?

그러자 운석이 가사를 고쳐 더욱 큰소리로 노래했다.

펄펄 뛰는 천리마야/ 네 가는 곳 어디메냐?
내가 살던 고향 찾아/ 우리 함께 살아가세!*

아홉.
안산이씨(安山李氏)

아주 오래전에 미국의 화제 TV드라마 〈뿌리〉를 보았던 적이 있다. 바로 이 추억을 돌아보며 내가 우리 안산이씨종친회 회장을 역임한 입장에서 우리 안산이씨의 뿌리를 다룬 소설이라 하겠다. 주인공인 나는 우리 안산이씨가 조상의 묘도 찾지 못하다가 처음으로 〈진관성묘행사〉를 하는 모습과 태종의 부마가 되는 걸 거절함으로써 멸문지화를 당할 뻔 했던 이속 조상과 안산이씨종친회가 결성되어 행사를 해온 경과를 소개함으로써 일반 소설과는 구성이나 내용이 전혀 다른 소설이 되었다.

창작 메모 - 작가로서 언젠가는 꼭 써야 한다는 사명감에 짓눌려 왔다고 하겠다. 내가 〈안산이씨〉에 대하여 알게 되고 안산이씨 대종회 종친회장이라는 직책까지 맡기도 했으니 나의 뿌리에 대한 소설을 쓰려 했으나 좀처럼 써지지 않았다. 암튼 드디어 이 소설을 끝내어 한권의 책속에 담고보니 작가로서 여한이 없다고나 할까? 감사한 마음 뿐이다.

안산이씨(安山李氏)

"아버지! 올해두 또 메주를 갖구 오셨어요? 이젠 집에서 된장을 담가 먹는 시대가 지났다구요. 그런께 그만 헛수고 하지 마세요!"

벌써 40년이 돼 버린 추억인가? 올해는 우리나라에서 최초로 아시안게임이 열리고 바로 2년 후인 1988년에는 아시아에서 일본에 이어 두 번째인 서울올림픽이 열린다고 온 나라가 떠들썩하게 들떴던 그 해에 아버지는 변함없이 우리집으로 메주덩이를 바로 아래 동생네 몫까지 푸대에 잔뜩 담아 짊어지고 오셨던 것이다.

"네에! 아버님! 메주 쑤는 일도 힘들지만 겨우내 띄워서 가져 오시지 않아두 서울에서 재래시장에 가면 몇푼에 얼마든지 살 수 있다구요. 그렇께 올해까지만 메주를 가져 오시구 내년부터는 그만 하세요. 아셨죠? 아버님!"

나의 말에 덩달아 며느리까지 이렇게 당조짐하자 팔순에 가까운 아버지께선 하얀 맥발머리를 도리질하며 이런 대꾸를 하셨던 것이다.

"어허! 그래두 메주는 집에서 맨든 게 최고여! 그럴려면 내가 땀 흘려 키운 콩에 정성으루 쑨 메주를 또 정성들여 띄운 진짜 메주라야 된장이 제맛인겨! 시장에서 사는 메주는 좋은 콩으루 쑨 메주두 아니구 제대루 띄운 메주가 있간디? 그렇께 암말 말구 늬 에미 애비가 해다 주는 메주루 된장을 담그란 말이여! 알겠냐?"

아버지는 평소의 과묵하신 성품과 달리 이런 긴 말씀을 하셨던 것이다.

"예에! 잘 알었시유! 그럼 메주값이라 생각마시구 그냥 받으세유!"

이윽고 약간의 시간이 흐른 뒤에 나는 아버지를 나의 서재로 인도하여 호주머니에서 꽤 거금의 메주값 겸 용돈을 드리자 겸연쩍어 하시며 받으셨는데 이런 뜻밖의 말씀을 해오셨던 것이다.

"아이구! 안 받어두 되는디! 늬 에미가 애쓴 것 같어서 전하마! 근디 오늘은 늬헌티 아주 중대헌 할말이 있단다."

"예에? 그게 뭔디유?"

순간 나도 모르게 충청도 사투리가 튀어나오며, 아버지에게 의아한 눈길을 보냈다.

"세상에 이런 좋은 일이 있다냐? 드디어 우리 안산이씨 네두 조상의 묘를 찾게 되었단다."

"네에? 그게 무슨 말씀이세요? 조상의 묘를 찾다뇨?"

"으응! 글쎄, 그간 우리 안산이씨는 족보두 없구 선대 조상의 묘두 찾질 못해 세상에 얼굴 들구 살기가 부끄러웠는디! 바루 서울의 진관사 건너편 산자락에 안산이씨네 묘가 떼루 발견됐다지 뭐냐?"

"네에! 그걸 누가 어떻게 찾았나요?"

깜짝 놀란 내가 묻자 아버지는 얼마나 기쁘신지 얼굴에 희색이 도시며 이런 설명을 하셨다.

"으응! 너두 알다시피 특히 우리집은 너의 할아버지가 일제시대 때 홍주(홍성)의 만세운동에 참가허셨다가 칼 차구 잡으러 온 일본 순사에게 쫓겨 그길로 독립운동에 나서서 상해의 김구 선생을 찾아뵈니, 독립 군자금을 가져오라 해서 저기 함경도 함흥에서 한약방을 차려 새할머니두

얻구 자식까지 낳아…!"

"네에! 아버지! 그 시연은 제가 〈눈물 한 방울〉이란 소설을 써서 문학상까지 받아 잘 알구요!"

내가 아버지의 말씀을 끊자 다시 이렇게 조상의 묘를 찾은 사연을 알려 주셨던 것이다.

"암튼 그간 우리 안산이씨네가 양반 소리를 못들어 백방으루 조상의 묘를 찾아왔는디, 8춘 경집이가 워찌워찌 찾어서 바루 내일 공주 일가랑 다른 지파들과 함께 진관 조상 성묘행사를 하게 되었으니, 너두 꼭 나랑 함께 참석 하자꾸나! 그래서 내가 오늘 늬네 집에 메주를 갖구 온게여!"

"아! 그러셨군요? 저는 그간 학교 선생을 하면서 요즘은 방송작가에 소설가루 너무 바빠 우리 종친 일에는 관심을 쓰지 못했네요."

"그려? 그건 나두 알어! 허지만 그간 우리 안산이씨네가 조상을 못찾아 설움을 받아 온 걸 생각허면 이제 조상을 잘 모셔야 혀여!"

아버지의 이런 말씀을 들으며 나는 우리집이 할아버지의 독립운동을 위한 가출로 아버지께선 애비 없는 자식으로 무시를 당해왔고, 더구나 우리 안산이씨네는 크게 내세울 것 없는 가문으로 특히 부자로 사는 동네 O씨네들한테 무시를 당했다고나 할까? 그래서 내가 초등학교 몇학년 때인지는 기억이 가물거리지만 담임선생님이 학적부를 적으면서 물어 오셨던 것이다.

"야! 은집아! 너는 무슨 이씨냐?"
"야아? 무슨 이씨라뉴? 그냥 이은집인디유!"
"어허! 너의 본관이 어디냔 말여?"
"얼라유? 이씨면 이씨지 다른 뭐가 또 있나유?"
"으음! 그렇게 전주 이씨라든지, 뭐 그런 거 말이여!"
"물러유! 우리집은 그런 거 읎어유!"

사실 이처럼 어려서 나는 우리 이씨네에 대해 잘 몰랐던 것이다. 그런 탓인디 한번은 잘 사는 동무네에 놀러 갔는데 동무 어머니가 나를 보더니 동무의 귀에 대고 이렇게 속삭여 말씀하셨던 것이다.

"얘! 네 동무는 근본있는 집의 애들이랑 사귀란 말여! 쟤네는 별루인 집안인께! 알것냐?"

암튼 이런 무시를 당했던 나는 그 동무랑 다시는 놀지 않았고 무언가 우리는 자랑할 집안이 아닌 것 같아 어린 소견에도 무척이나 속상했던 것이다. 내가 이런 생각애 빠져 있는데 아버지가 다시 말씀을 건네 오셨다.

아홉·안산이씨

"애! 은집아! 그렇께 내일 일요일이니 나랑 같이 진관 조상 성묘행사에 같이 가자! 알겠재?"

그리하여 나는 메주를 가져 오신 아버지와 함께 당시 개통된지 얼마 안되는 지하철 3호선을 타고 연신내에서 내려 걸어서 진관성묘행사에 가게 되었는데 당시만 해도 완전히 시골 동네로 논밭 가운데 살던 산직이가 제물을 준비해서 우리 종친들은 진관사 건너편의 산자락에 위치한 10여기나 되는 조상 산소에 첫 성묘행사를 하게 되었던 것이다 그런데 그때 우리 안산이씨네 전국 종친들이 처음 만나게 되어 그 감격으로 떠들썩 했으며 비석에 상석까지 갖춰진 산소에 종친들은 어깨가 절로 으쓱해지기 까지 했던 것이다.

"자아! 그간 우리 조상님! 얼마나 외로우셨습니까? 이제야 이렇게 후손들이 찾아서 성묘행사를 하게 되니 조상님! 감사하옵니다!"

암튼 그날 진관조상산소에 모인 전국의 종친들은 반가움과 기쁨과 조상에 대한 도리를 하게 된 보람으로 음복술에 취한 종친들이 여럿 비틀거리기도 했던 것이다.

그런데 성묘행사를 마치고 돌아오는 길에 아버지가 논뚝길을 걸어가시는데, 77세의 노구이시긴 해도 백발에 흰

한복에 흰 두루마기를 입으셨기 때문인지 마치 황새가 걷듯이 걸으셔 어디론가 날아가 버리실 것 같은 착각에 나는 이상야릇한 감정을 느꼈던 것이다. 그런데 우리집에 돌아오셔 굳이 아래 동생네에 메주를 갖다 주어야 하신다며 남은 메주덩이를 지고 가신 아버지께서 바로 그날 동생네에서 저녁식사를 하시다가 고깃국에 목갈리셔 식도가 막히는 바람에 급서하실 줄이야 상상이나 했던가! 나는 그 시절에 서울북공고의 야간부 국어선생을 하면서 KBS의 라디오 프로를 매일 두 개나 맡아 눈코 뜰새 없었는데 동생네 집에 모신 아버지의 관 병풍 뒤에서 방송원고를 써야 했다.

"좀더 오래 사실 줄 알고 아버지 살아 생전에 효도를 못했는데 이처럼 갑자기 돌아가시다니…!"

나는 병풍 뒤에 숨어 엎드려 방송원고를 쓰면서 쏟아져 나오는 눈물을 참을 수가 없었다. 물론 나는 1969년 3월 서울여자고등학교의 국어교사로 초임발령을 받은 때부터 매달 부모님께 한달도 거르지 않고 용돈을 고향에 부쳐드렸지만 그건 형식적인 효도였고 진정한 효도는 미루고 있었다고 생각했던 것이다.

"그토록 조상의 묘를 찾아 성묘행사를 하게 되었다고

기뻐하셨는데…!"

그러나 바로 그 길이 아버지에게는 저승길이 되시고 말았으니 나 역시도 비통하지 않을 수 없었다. 할아버지의 독립운동으로 아버지 없이 가난하게 살아오신 아버지는 독자의 서러움을 자손으로 푸셨는지, 우리 형제자매는 10남매였으니 그런 대가족을 거느리고 얼마나 힘드셨을까? 그래서 아버지께서는 농사만으로는 살 수가 없어 봄가을엔 어물장사, 여름에는 밥상장사, 겨울에는 솜장사로 청양장 광천장 대천장 모듬내장 반계장 등 5일장을 하루도 빠짐없이 등짐장사로 평생을 살아온 분이셨다. 그런데 이런 일화도 있었다. 한번은 이번처럼 시골에서 메주를 가지고 오신다고 해서 서울역으로 마중을 나갔는데 택시로 모시려니까 굳이 사양하시고 버스를 타셔서, 마침 내가 다닌 고려대학교 앞길을 지나자 아버지가 큰 소리로 이렇게 외치셔서 차내의 승객들을 폭소에 빠뜨리게 하셨던 것이다.

"애야! 바루 창밖의 저 유명한 고려대학교가 늬가 댕긴 학교란 말이지? 참 자랑스럽다잉!"

그 바람에 승객들은 일제히 폭소를 터뜨렸고 아버지께서는 좋아서 어깨를 으쓱하셨다. 바로 그런 순박한 아버지께서 이제 조상의 묘를 찾아 성묘행사를 하고 이젠 우리도 양반이라며 기뻐하셨는데 불의의 사고로 이처럼 허망하게 돌아가시다니…! 나는 연신 눈물을 훌쩍이며 바로 염을 잡수신 아버지 관 옆에서 방송원고를 써야 했으니 그야말로 가슴이 찢어졌다.

"대채 인간에게 뿌리란 무엇일까? 몇백년 전의 조상도 찾아 성묘하는 한국인의 풍속은 아마도 세계에 드물거야!"

암튼 그때의 추억을 생각하면 나는 지금도 눈시울이 뜨거워지는 것이다.

나는 1980년대에 서울북공고 야간학교에서 근무하고 있었는데 EBS교육방송에서 방송통신고 강의 방송과 유명작사가 양인자 씨의 소개로 현재 JTBC 전신인 동양방송 라디오에 처음 진출한 이래로 KBS와 MBC에서 방송작가와 출연자로 눈코 뜰새없이 바빠서 우리 안산이씨가 조상묘를 찾고 성묘행사까지 했어도 나로서는 큰 관심을 가질 수가 없었다. 하지만 나는 그 성묘행사로 아버지께서 돌아가시는 사연이 있었기에 어느 여름방학에 충남 청양군 화성면 화암리 고향집을 방문학게 되었다. 그래서 우리 안산이씨 종친회의 초대회장이신 경집 형님댁을 방문해 우리 안산이씨의 내력에 대해 설명을 듣게 되었던 것이다.

"형님! 오랜 만에 뵙습니다. 그간 우리 안산이씨네 진관산소도 찾고 성묘행사를 주관하시느라 너무나 수고 많으셨습니다."

나의 인사에 경집 회장님은 평소의 명랑 쾌활하신 대꾸를 하셨다,

"하하! 바쁘기로는 동생! 자네가 더 하단 소식을 듣구 있지! 그래 오랜만에 고향에 왔구먼?"

"예에! 요즘은 학교생활 외에 방송작가도 해서 정말 눈코 뜰새 없네요. 하지만 저도 안산이씨의 종친으로서 더구나 아버지의 일도 있어 관심은 늘 갖고 있었지요. 사실 우리 안산이씨가 그간 조상에 대해 묘도 찾지 못하고 있다가, 이제 진관성묘행사를 하게 되었으니 특히 형님의 노고가 크셨지요. 근데 저는 아직 우리 안산이씨의 내력을 잘 모르고 있어요. 그래서 형님이 아시는 내용을 듣고 싶어 왔지요."

그러자 경집 회장님은 입담 좋으신 솜씨로 우리 안산이씨의 내력을 설파하시기 시작했다. 당시 우리 청양지파의 훌륭하신 종친으로는 대천에서 교장을 하신 영집 형님! 일찍이 상경하여 서울살이를 하신 나의 장형 윤집 형님! 화성면장을 하신 덕집 형님을 꼽을 수 있었고, 면소에

다니신 경집 형님이야말로 우리 안산이씨를 대표할 만한 인물이었던 것이다.

"어흠! 그걸 다 풀어놓자면 하루 밤낮두 모자르겠지만 되도록 간단히 동생에게 요약해 일러주지!"

"네! 제가 메모를 하면서 들을려구 헌께 천천히 말씀해 주시죠."

그때 나는 종친회도 결성되었고 나도 이제 나이가 50대가 다가오니 아무래도 종친 일을 맡아야 할 때가 되었다고 느꼈다고나 할까?

"에! 우리나라에 성씨가 수백 개인데 가장 많은 성씨는 김씨 이씨 박씨 아닌가? 그중에 우리 안산이씨는 또한 인구수가 가장 많은 전주이씨와 연안이씨중에 연안이씨에서 파생한 성씨라네! 그래서 그 근원을 찾자면…!"

연안이씨는 원래 당나라 고종때 중랑장을 지내다가 삼국시대인 660년 대총관 소정방의 부장으로 백제 정벌에 나섰다가 귀화한 이무(李茂)인데 우리 안산이씨와 관계되는 인물은 이속(李續)이라고 하겠다.

"그러니께 우리 안산이씨의 중시조는 이습홍이며 8대손 이속 할아버지는 근강 근건 근정 근수 4형제를 두었는디 막내 근수의 인품이 출중했다고 허네? 이에 조선 3대왕 태종은 근수를 부마로 삼기 위해 행매로 무속인 지화(池和)를 보냈는디, 당시에 춘천시장을 지내던 이속 할아아버지는 일찍이 개국 초에 무속인들의 궁중 출입을 금하는 상소를 올린 바 있어 이에 앙심을 품은 지화가 이속이 왕명을 불복한다고 거짓을 고하여 태종의 노여움을 사서 장 80대의 형을 받고 창원으로 유배되었돠는 거여."

"아니! 어찌 왕명을 어기고 더구나 왕의 사위인 부마는 권력의 자리도 되는데 이속 할아버진 거절을 했을까요?"

나는 그순간 잘 이해가 되지 않아 경집 회장님께 물어보았다. 예나 지금이나 권력이라면 누구도 그 끈을 잡으려 했을 터인데 말이다.

"응! 그건 그럴만한 이유가 있었다네. 원래 태종은 누구인가? 왕자의 난을 두 번씩이나 일으켜 형제들을 죽이고 왕위에 오르지 않았나? 게다가 후궁이 19명이나 되고 그래서 수십명이나 되는 왕자와 공주 궁주를 낳았다네. 그런데 이속 할아버지에게 혼사를 맺자고 한 궁주는 원경왕후의 몸종 신빈 신씨의 궁주를 신부로 들이밀었으니 고려 시대의 명문가이며 성격이 올곧았던 이속 할아버진 이런 만용을 부리신게 아닐까 싶네!"

경집 회장님의 설명에 나도 수긍이 갔는데 오늘날에도

대통령과 혼사를 맺어 오히려 불행한 경우를 보면 그 시대에도 까딱 잘못하면 멸문지화를 당할 수도 있었으니 오히려 거절이 잘한 처사인지도 모른다.

"그런데 2남 근건의 장자 인문의 상소로 무고임이 밝혀졌다네. 이 일이 있고 난 후부터 공주들의 행매제도가 없어지고 간택제도를 택하게 되었다네. 그리구 4남 근수의 장남인 별시위장 인수(仁守)께서 안산군 집절리(경기도 안산시 상록구 수암동)에 거하시니 이로부터 우리 안산이씨의 시조가 되었다네."

그리하여 현재에 이르러서는 참의공파, 절충장군파, 부호군파, 찰방공파, 부사공파, 주부공파로 전국의 경향 각지에서 안산이씨가 번창하고 있어 대전 뿌리공원에는 안산이씨 유래비도 세워져 있는 것이다. 또한 2015년 통계청 인구조사에 의하면 안산이씨의 인구는 3,265명이라고 한다. 하지만 현재 우리가 진관성묘행사를 하는 안산이씨의 공주지파 서울지파 청양지파 포항지파 함양지파의 종친들은 500여명에 불과하니, 아직도 2,700여명은 조상의 묘도 못 찾고 종친회도 없이 뿔뿔이 흩어져 살아가고 있지 않을까 안타깝기만 하다.

사실 나는 1971년에 문단에 등단한 작가로서 조상에 대한 관심이 없지는 않았으나 교사로 소설가로 방송작가로 눈코 뜰새 없이 바쁘게 뛰다보니 안산이씨종친회에 참여할 기회가 없었다. 그러던 중에 우리집과 가장 가까운 6촌인 형집 형님께서 안산종친회의 3대 회장에 취임하셔서 나는 종친회의 재무간사로서 처음으로 합류하게 되었다.

"6촌 동생! 이제 내가 우리 안산이씨 3대 종친회장에 취임하니께 함께 종친회를 위해 힘을 보태주게나. 바쁘더래도 부탁하네."

우리 종친회 3대 회장이 되신 형집 회장님의 부탁이 아니라도 이제 때가 되었다 싶었기에 그때부터 나는 우리 안산이씨 종친회의 재무간사에서 총무간사 그리고 고문을 거쳐 2017년 3월부터 코로나로 2023년까지 안산이씨 종친회장을 맡았던 것이다. 그리하여 그때 내가 첫 취임식 때 종친님들께 발표한 취임사는 다음과 같다.

〈취임사〉진관성묘의 참여와 종친간에 친목하는 대종회로 활성화하겠습니다!

안산이씨 대종회 여러분! 안녕하십니까?

새봄을 맞아 바쁘신 중에도 〈2017년 진관선영 성묘행사

및 정기총회〉에 참석해 주신 종친 여러분께 진심으로 감사드립니다. 이번 제11대 안산이씨 종친회장은 청양지파에서 맡게 되어 부족한 제가 중책을 짊어지게 되고 보니, 초대부터 2대 경집 회장님! 3대에서 6대 형집 회장님! 7대에서 9대 선중 회장님! 그리고 직전 회장님이신 10대 기한 회장님 등, 역대 회장님들께서 쌓아오신 공적에 진심으로 감사드리오며 또 한편으로는 무거운 책임감을 느끼게 됩니다.

존경하는 총친님 여러분! 우리 안산이씨는 연안이씨에서 조선조 3대 태종 때 분파하여 어언 600 여년이란 세월이 흘렀습니다. 하지만 지난 1986년에야 전국에 흩어진 종친님들과 진관선영 묘소를 찾아 처음으로 성묘행사를 하게 되었고, 그간 족보와 대전 뿌리공원에 〈안산이씨 유래비〉를 건립하는 등, 역대 회장님과 종친 여러분 의 노고가 참으로 크셨습니다. 하지만 세월이 흐르면서 요즘 현대인들의 삶이 너무나 바쁘고 가족간에도 가까이 지내기가 어려워진 세태에 따라 우리 종친회도 어려움이 많았습니다. 하지만 조상숭모와 일가친척의 화목은 인간의 삶에 참으로 소중한 덕목이 되겠기에, 우리 11대 종친회에서는 그간의 역대 회장님들의 업적을 이어받아 다음과 같이 종친회의 발전을 위해 노력하겠습니다.

첫째, 〈진관선영 성묘행사〉를 〈안산이씨 대종회 축제〉로 업그레이드 하겠습니다. 일년 중 가장 아름다운 4월의 봄날에 성묘행사를 하는만큼 남녀노소 함께 특히 어린이까지 참여하는 즐거운 행사가 되도록 〈성묘행사+조상 바로알기+즐거운 프로그램〉 등을 묶어 〈반갑게 만나 즐거운 시간을 함께하는 행사〉가 되도록 하겠습니다. 그리고 일년에 한번뿐인 〈정기총회 겸 성묘행사〉로는 만남의 기회가 부족하므로 〈4월 둘째주 일요일 성묘행사+총회〉와 함께 〈10월 둘째주 토요일〉에는 〈안산이씨의 날〉로 정하여 종친간에 친목을 다질 수 있는 기회를 만들겠습니다. 둘째 종친님들에게 〈유익하고 도움을 드리는 대종회〉를 만들겠습니다. 우선 〈안산이씨 대종회〉 카페를 새로이 보강 개설하여 모든 종친간에 교류를 활성화하고 특히 종친의 경조사 때에는 문자메시지와 카톡 등으로 도와드리겠습니다. 아울러 일가친척 간 연락에 큰 도움을 드린 〈안산이씨 대종회 명부/주소/전화부〉를 5년 주기로 보충하여 수첩을 만들어 드리겠습니다. 그러나 이런 모든 일들은 종친 여러분의 참여와 협조가 있어야 가능한 일이기에 여러분의 적극적인 성원과 협조를 부탁드리는 바입니다. 감사합니다.

아홉 · 안산이씨

2017년 3월
　　안산이씨 11대 종친회장 이은집 드림

　나는 타고난 천성인지 팔자인지 사실은 모임을 좋아하고 그래서 각종 단체와 친목회의 총무를 도맡아 왔는데, 그래서 내가 서울시내 공립고등학교에서 30년 교직생활을 마치고 명퇴하여 자유시간이 많았던 2,000년 무렵에는 48개 단체 모임의 총무를 맡아 행사날만 150여일 이상이었고 전체 기금만도 2억원이 넘었으니 지금 돌아보면 거짓말 같기도 하다. 그래서 우리 안산이씨종친회 회장일 때에는 진달래꽃 만발한 북한산 진관사의 건너편 산자락 하나고등학교 근처의 산록에 위치한 안산이씨 조상묘에서 전국 6개 지파의 남녀노소 애기들까지 모여 진관조상 성묘 행사를 하고 준비한 점심식사 후에는 총회와 푸짐한 선물도 나누며 종친간의 단합과 도타운 정을 나누었던 것이다.

　"전국의 종친 여러분! 이렇게 따스하고 좋은 봄날에 지난밤 밤잠을 설치며 전국에서 달려와 조상님께 성묘하고 맛있는 점심을 먹으며 선물도 나누니 얼마나 즐겁습니까?"

　암튼 그간 돌아보면 어린이 종친들도 모이는 만큼 때로는 마술사를 불러 공연도 했고 다채로운 선물을 마련해 추첨으로 화기애애한 분위기에서 진관성묘행사를 해왔던 것이다.

"에! 그런데 이제 진관성묘행사를 40년 가까이 해오다보니까 어른들은 작고하시고 신세대들은 참석율이 저조하니 안타깝습니다. 우리가 이 세상에 태어나 이토록 행복하게 사는 건 다 여기 잠드신 조상님의 덕택인데 내년 성묘행사엔 좀더 많은 참석을 부탁드립니다."

이처럼 해마다 줄어드는 안산이씨종친회 성묘행사의 모습을 보면서 이제 안타까움을 금할 수 없는데, 문득 돌아보니 내 나이도 80 중반에 들고보니 얼마나 더 안산이씨 진관성묘행사에 참석할 수 있을지 장담할 수가 없는 것이다. 그래서 지난 40년간 우리 안산이씨종친회의 진관성묘 행사의 추억을 되돌아보며 작가로서 진관성묘 행사를 다룬 콩트 한 편을 전국의 종친 여러분께 선사하는 바이다.

〈콩트〉 조상님! 고맙습니다!

"당신! 웬일이래유? 다른 때 같으면 땅이 꺼지게 한숨을 내뿜구, 하늘이 무너질 듯 걱정을 헐텐디...? 참말루 별일이네유!"

바로 어제 토요일 아침에 식탁에 마주앉은 집사람이 나를 똑바로 바라보며 물어오는 말이었다.

"에잉? 갑자기 땅은 왜 꺼지구 또 하늘이 무너지는 건 뭔 소리여?"

이에 내가 의아하여 묻자 집사람은 어이없다는 듯 대꾸를 해왔는데...!

"안 그류? 바루 내일이 30여년전부터 당신이 안산이씨네 진관성묘를 댕기다가, 이젠 대종친회 회장까지 맡었는디, 바루 아까 텔레비존 일기에보에서 내일은 태풍같은 비바람이 몰아친다는디 걱정이 안되느냔 말유!"

아아! 그순간 나는 정말로 어디론가 숨어버리고 싶었다. 30여년 〈진관성묘행사〉에 단 한번도 비가 오지 않았는데, 하필이면 내가 종친회장을 맡은 지금 처음으로 비가 오고 태풍급 바람까지 분다니, 이런 천재지변이 어디 있단 말인가? 그래서 나는 집사람에게 이렇게 대꾸했다.

"여보! 암만해두 내 정성이 부족한 탓으루 날씨가 그런가벼! 그러나 워쩐단 말이오? 그간 온누리에 봄꽃이 만발하는 좋은 봄날에 전국의 안산이씨 종친님들이 모여, 조상님께 성묘하고 맛있는 점심을 나누며 친교하는 행사를 해왔는데, 30여년전 초창기엔 200명 가까이 모였지만, 이젠 100명도 훨씬 못 미치니 후손으로서 여간 불효가 아니지!"

그래서 나로서는 우리 안산이씨에게 반성하라고 하늘이 이처럼 비바람으로 혼을 내주시는게 아닌가 싶어 할말이 없는 것이다.

"여보! 그나저나 성묘행사가 바루 내일인디, 비바람 날씨에 대비는 해놓아야 성묘행사를 헐 것 아뉴?"

"으응! 그러찮아두 천막업체에 연락해서 텐트랑 의자랑 행사 대비는 해놓았다구! 그리구 벌써 몇번째 전국 종친님께 문자메시지두 보냈구!"

하지만 나는 아무래도 올해의 성묘행사와 안산이씨 대종화수회 정기총회 행사가 너무나 걱정되어 애가 탔는데, 문득 40년전 1986년에 처음으로 〈진관성묘행사〉를 했던 추억이 떠올랐다.

"얘! 은집아! 이젠 우리 안산이씨두 하늘에 부끄럼없이 살게 되었구나! 그렇께 너두 꼭 참석해야 헌다! 알겠냐?"

그해 이른 봄에 아버지께서 메주를 쑤어 서울에 사는 형제들에게 나누어주러 상경하셨던 아버지께서 나에게 하시는 말씀이었다.

"예에? 그게 무슨 말씀이세요? 하늘에 부끄럼없이 살게 되다뉴?"

"으응! 우리 안산이씨네가 조상묘두 못찾어 부끄러웠는디 우리 동네에서 양반행세하며 우릴 깔보던 X씨네처럼 우리두 이제 서울 진관사 근처 산에서 조상님 묘소를 찾어 올해에 처음으로 성묘행사를 하게 됐단 말이여! 그렇께 너두 나랑 이번 성묘행사에 꼭 함께 가잔 말이여!"

그리하여 나는 그당시에 학교선생에 방송국 작가생활에 정신없이 바빴지만 첫 성묘행사부터 참석하게 되어, 이젠 안산이씨 대종화수회의 회장 직책까지 맡게 된 것이다. 내가 이런 안산이씨 대종화수회의 성묘행사에 얽힌 추억에 잠겨 있을 때 집사람이 다시 말을 건네왔다.

"여보! 바루 그 성묘행사에 오셨던 아버님께선 메주를 나눠주려 다섯째네 집에 갔다가 고깃국에 기도가 막히는 사고루 별세허셨지 않우? 그렇께 조상님을 위하는 성묘행사가 아니었으면 아버님은...!"

"어허! 허지만 아버지께선 너무나 행복하신 마음으루 돌아가셨으니, 내가 종친회장허게 된 것두 다 아버지랑 조상님들 음덕이 아닌가 해요!"

그렇다! 생각해보면 우리를 이 세상에 태어나게 해주신 너무도 고맙고 위대하신 은공은 바로 나를 낳아주신 부모님과 그 위로 자꾸 올라가서 바로 우리 안산이씨들은 서울의 진관동 산자락에 묻히신 여기의 조상님들의 덕택이라고 생각할 때, 올해처럼 성묘행사에 비바람이 칠수록 더욱 고마운 마음으로 성묘행사에 참석해야 하지 않을까? 내가 이런 엄숙한 생각에 잠겨 있을 때 집사람이 한마디 건네왔다.

"여보! 당신은 조상 위하는 마음도 좋긴 헌디, 내가 당신한테 시집와서 이제 50년 가까이 밥해 주구 살림해 주구 자식까지 남매를 낳아준 은공두 잊어선 안될꺼유! 게다가 성묘행사 때면 차를 운전해서 행사용 물품이랑 당신을 태워다 주기도 허니께유! 안 그류? 호호호!"*